공사장의 피아니스트

공사장의 피아니스트

초판 1쇄 펴냄 2013년 4월 30일
　　12쇄 펴냄 2022년 3월 25일

지은이 나윤아

펴낸이 고영은 박미숙
펴낸곳 뜨인돌출판(주) | 출판등록 1994.10.11.(제406-251002011000185호)
주소 10881 경기도 파주시 회동길 337-9
홈페이지 www.ddstone.com | 블로그 blog.naver.com/ddstone1994
페이스북 www.facebook.com/ddstone1994 | 인스타그램 @ddstone_books
대표전화 02-337-5252 | 팩스 031-947-5868

ⓒ2013 나윤아

ISBN 978-89-5807-430-4 03810

공사장의
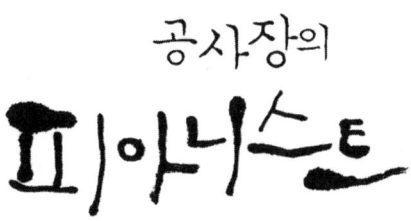
피아니스트

나윤아 지음

뜨인돌

추천의 글

어른, 아이 할 것 없이 생존 경쟁에 빠져 있다. 어른들은 경제적인 문제로 살기 힘들어하고, 아이들은 공부 때문에 살기 힘들어한다. 어른들이 자살하는 건 그렇다 치고, 아이들이 인생을 다 산 어른들처럼 자살한다는 건 참 서글프다.

　아이들의 자살은, 한창 꽃필 나이에 스스로 삶의 궤도에서 이탈하여 '생존'을 마감하는 일이다. 그럼 이제 막 인생을 시작한 이들이 왜 자살이라는 극단적인 선택을 할까? 많은 아이들이 더 이상 '경쟁'하며 살고 싶지 않은 탓에 자살을 택한다. 물론 이때의 경쟁은 자신과의 싸움이 아니라 남을 짓밟고 올라서야 하는 것이다.

　어른의 문제는 곧 아이의 문제라는 게, 내 지론이다. 아이들만 따로 무균 상태에서 사는 게 아니라는 뜻이다. 그럼 청소년은? 청소년은 아이와 어른의 중간에 낀 '종족'으로 양쪽의 장점을 누리고 사는 게 아니라, 양쪽의 단점을 고스란히 안고 산다. 알 만한 나이이기에 더욱!

　『공사장의 피아니스트』를 읽으면서 이 생각이 떠나질 않았다. 차라리 세상 물정 모르는 아이 같으면 되는 대로 굴며 막 살아 버려도 자의식이 아직 옅어 갈등이 덜하다. 그러나 고등학생쯤 되면 그렇지 않다. 세상의 문제, 가정의 문제가 곧 자신의 문제인 걸 절절히 느낀다. 그러니

막 살 수 없다.

　이 소설엔 막 살고 싶어도 그러지 못하는 어린 청춘 '고딩'들의 이야기가 펼쳐진다. 이미 막 살아 버릴 수 없는 무시무시한 나이를 먹은 것이다(어른들은 '철들었다고' 좋아하겠지만!). 그러나 그들은 궤도에서 이탈하여 막 살고 싶다. 사실 그 궤도는 어른들, 특히 부모와 교사들이 정해 놓은 것이다. 정작 당사자들인 자식이나 제자들의 의견을 들어 정한 것이 아니라.

　수지는 엄마의 뜻에 따라 배우가 아니라 피아니스트가 되어야 하고, 혜영이는 작가가 아니라 약사가 되어야 한다. 역설적으로 가장 자유로운 이는 부모가 없는 박하이다. 박하는 자신이 좋아하는 것을 할 수 있다. 박하는 부모 간섭을 받지 않기 때문이다.

　부모는 그런 존재이다. 먹여 주고 재워 주어서 육체적 성장을 하게는 해 주면서 자녀들이 무슨 생각을 하는지 내면을 들여다볼 생각은 하지 않는다. 오로지 '내가 너를 어떻게 키웠는데!' 하며 스스로의 가슴을 친다. 그러나 가만히 생각해 보면 그건 교육이 아니라 사육이다.

　마침내 수지도 혜영이도 자신이 하고 싶은 걸 하겠다는 고집과 선언으로 자유로움을 찾는다. 소설 어법으로 볼 때는 약간 도식적이지만 이 소설을 읽는 어린 청춘들은 환호작약(歡呼雀躍)할 것이다. 십대들의 일상을 잘 들여다보고, 하고 싶은 말을 작가가 대신해 주고 있으니까.

　"그렇게 힘든데도 마음이 간다는 건 결국 좋아한다는 거 아냐?" 하고 박하가 말한 데서 혜영이는 힘을 얻는다. 이 말이 혜영이에게 울림이 컸던 건 박하가 힘든 상황 속에서도 이미 자신이 하고 싶은 걸 하면서 살고 있기 때문이다.

가능하다면, 누구든 좋아하는 걸 하면서 평생을 살아야 한다. 억지 춘향 격으로 기나긴 생을 살아선 안 된다. 그러려면 부모들이 자신의 뜻을 자녀들에게 지워서는 안 된다. 물론 어른 자리에 있으면 쉬운 일이 아니다. 나도 잘 안 된다. 하지만 '너도 살아 봐라. 내가 왜 이런 말을 하는지….' 류의 말은 안 하려고 애쓴다.

아직 살아갈 날이 살아온 날보다 더 많은 청소년들. 그들은 자신들이 좋아하는 것을 하며 살기 시작해야 한다. 그럴 수 없을 때 죽고 싶다. 그건 사는 게 아니라 견디는 것이다. 이 땅의 청소년들이 견디는 게 아니라 제대로 숨 쉬며 살 수 있기를. 건투를 빈다.

작가 박상률

처음에 혜영이는 꿈을 꾸고 있다고 생각했다.

손가락 하나 까딱할 힘도 없이 지친 몸은 의자 위에 축 늘어졌고 기분은 이상하리만치 가벼웠다. 방금 전까지만 해도 복잡했던 머릿속이 갑자기 깔끔해졌다. 서서히 열리기 시작한 귀로 익숙한 멜로디가 흘러 들어온 다음에야 혜영이는 지금 자신이 어디에 있는지를 기억해 냈다.

양호실에 다녀오겠다고 했던 것 같다. 확률과 통계 수업을 듣고 있자니 참을 수 없는 지루함이 몰려들었고 엉덩이는 들썩, 마음은 근질거렸다. 창문 밖, 커다란 플라타너스 잎 사이로 부서지듯 비쳐 들어오는 햇빛은 버석버석 마른 고3의 마음을 들쑤셔 놓았다. 게다가 교과서 사이에 뭘 끼워서 열심히 읽고 있는 짝 현진이는 도대체가 수업에 집중할 수 없게 만들었다. 혜영이는 팔꿈치로 현진이의 팔을 꾹 눌렀다.

"야, 뭐 해?"

"보면 모르냐?"

"그러다 쌤한테 걸린다."
"아, 몰라. 그러든지 말든지."
애는 책에 한번 빠지면 만사가 다 귀찮다.
"뭔 책인데?"
혜영이는 무심한 척 책 제목을 물었다.
현진이가 인상을 찌푸리며 표지를 슬쩍 보여 줬다. 『카라마조프가의 형제들』. 책이랑 별로 안 친한 사람한테는 노트북 받침대로나 쓰일 두껍고 지루한 고전. 하지만 책을 좋아하는 사람이라면 꼭 읽고야 말겠다고 승부욕을 발동시키는 책이다. 문학 소녀 혜영이에게는 후자다. 표지만 보아도 가슴이 설렜다.
혜영이는 한숨을 포옥 쉬며 샤프를 내려놓았다. 엊그제 기말고사가 끝났다. 잠시 숨을 돌리고 싶지만, 곧 원서를 넣을 약대를 떠올리면 마음이 급해진다. 일반계 고등학교에서 약대를 가는 게 어디 쉬운 일인가. 머리로는 너무나 잘 알고 있었지만 마음이 여간 근질거리는 게 아니었다. 12시까지 늦잠도 자고 싶고, 만화책도 보고 싶고, 좋아하는 글도 마음껏 쓰고 싶었다. 아, 이래저래 마음이 복잡했다. 혜영이는 한참 눈치를 보다가 손을 들었다.
"선생님, 저 너무 어지러워서요. 양호실 좀 가면 안 될까요?"
"많이 어지럽니?"
"네, 아까 수업 시작할 때부터 안 좋았어요."
턱이 길고 깐깐한 인상의 선생님은 잠시 혜영이를 쳐다보며 꾀병 여부를 가늠했다. 혜영이는 얌전하고 전교 10등 안에 드는 모범생이었다.

선생님은 곧 고개를 끄덕였다. 혜영이는 현진이가 '방금 전까지 멀쩡했잖아!' 하고 입술을 삐죽거리는 걸 무시하고 교실을 나왔다.

하지만 혜영이가 향한 곳은 양호실이 아니라 음악실. 검은색 피아노가 얌전하게 놓여 있고 기다란 의자들이 반듯하게 줄지어 있는 음악실은 깐깐한 보건 선생님이 있는 양호실보다 열 배는 더 쾌적했다. 문득, 조금 쓰다가 완성하지 못한 날라리 여고생 이야기가 떠올랐다. 음악실은 소설을 구상하기에 딱 좋은 장소였다.

혜영이는 만족스럽게 웃으며 의자에 앉았다. 싸늘한 의자가 허벅지에 닿자 소름이 돋으면서도 상쾌했다. 이제야 머리가 좀 식는 것 같다. 서서히 소설에 대한 의욕이 살아났다.

음, 아직 철이 덜 든 날라리지만 여리고 예쁜 주인공의 이름은 뭐라고 할까? 음, '혜민'이가 어떨까?

그래, 분명히 그런 생각을 하고 있었다. 고등학교 시절의 마지막 소설이 될지도 모르니, 꼭 제 이름의 한 글자를 따서 주인공의 이름을 짓겠다는 생각. 언제 다 쓸 수 있을지 모르지만 구상이라도 해 보자며 글을 써 내려갔다. 그러다 스르르 잠이 든 것이다.

혜영이는 눈을 번쩍 떴다. 익숙한 멜로디가 생생하게 울리고 있었다. 쇼팽의 '흑건.' 몸을 벌떡 일으켰다. 영화 〈말할 수 없는 비밀〉 OST를 틀어 놓은 듯 피아노를 친다면 그 아이가 분명했다.

"수지야!"

반갑게 터져 나온 목소리와 동시에 피아노 소리가 멎었다. 남학생들의 여신이자 여학생들의 동경의 대상인 최수지가 빙긋이 웃으며 고개를 돌렸다. 허리까지 길게 기른 생머리가 가볍게 물결쳤다.
"깼어?"
"피아노를 그렇게 쳐 대는데 안 깨고 배기냐."
혜영이가 입을 삐쭉 내밀었다.
"미안."
"가을 음악제 준비하는 거야? 야, 안 어울리게 뭐 벌써부터 그러냐. 끝물에 연습해도 충분하잖아."
수지는 갑자기 킬킬 하고 웃었다. 청순한 외모에 어울리지 않는 경박한 웃음이었다.
"야, 뭐래냐, 김혜영. 가을 음악제에 무슨 연습? 그냥 치면 되지."
이 지역에서만큼은 명성이 자자한 한음고등학교의 음악제를 이렇게 무시할 수 있는 건 콩쿠르의 여왕 최수지뿐이다. 혜영이는 으스대는 수지를 흘겨보며 물었다.
"그럼 뭣 때문에 연습하는 건데?"
"콩쿠르 곡 연습하기 전에 손가락 좀 풀었어."
"또 콩쿠르 나가?"
"우리 백 여사님, 나 피아니스트 못 만들어서 안달 아니냐. 콩쿠르 공지만 뜨면 죄다 신청하고선 사람을 들들 볶는다니까. 연기하고 싶다고 입이 닳도록 얘기하는데 들은 척도 안 해."
최수지의 엄마 백 여사는 혜영이도 잘 알고 있다. 늘 빈틈없는 모습을 하고서 수지를 무섭게 몰아붙이는 백 여사는 수지가 연기의 '연'자만 꺼내도 질색을 했다. 사실, 최수지의 재능을 생각하면 백 여사의 그런 반응도 무리는 아니었다.

"음, 열심히 해라. 난 이만 내려가련다."

"이왕 땡땡이 친 거 한 시간만 더 버티지?"

"다음 수업 영어회화야. 그 여자 사나운 거 모르냐?"

"근데, 김혜영. 너 소설 쓰러 올라온 거지?"

혜영이가 수지를 잘 아는 만큼 수지도 혜영이를 잘 알았다. 중학생 때부터 지금까지 쭉 단짝이었던 덕분이다. 혜영이는 머쓱하게 웃고는 음악실을 나왔다. 소설도, 수지의 피아노도 좋았지만 일단 오늘은 여기까지. 어쨌든 지금은 대학에 온 신경을 기울여야 할 때니까.

'여유롭게 소설이나 쓸 때가 아니지. 혜영아, 공부에 집중하자, 제발.'

하지만 한번 흐트러진 마음은 쉽게 정리되지 않았다. 끝내지 못한 소설 조각들은 며칠 동안 머릿속을 떠다녔고, 글을 쓰고 싶어서 손이 근질거렸다. 자습을 하던 혜영이가 성질을 부리며 책상 위에 엎드렸다.

"아— 진짜 미치겠다."

짜증이 가득한 목소리에 소설을 읽던 현진이가 혜영이를 쳐다봤다.

"갑자기 왜 그러냐?"

"집중이 안 돼."

"전교 10등이 엄살은."

게슴츠레 뜬 눈이 혜영이를 흘깃 노려보았다. 혜영이는 답답하다는 듯이 현진이의 어깨를 툭 쳤다.

"지금 등수가 뭐가 중요하냐, 수능 등급이 문제지. 수능 당일 일은 아무도 모르는 거야."

"너도 참 인생 갑갑하게 산다."

한심하다는 듯이 머리를 절레절레 흔드는 현진이. 혜영이의 짜증은 극에 달했다. 성적은 안중에도 없고 속 편하게 책이나 읽고 글이나 쓰는 애가 그러니까 더 열이 났다. 제법 귀엽다고 생각했던 현진이의 눈물점이 오늘은 유난히 얄밉게 보였다. 샤프를 누르는 손길이 저도 모르게 사나워졌다.

"아, 근데 혜영아. 너 걔 알지? 10반에…."

혜영이의 기분이 상했다는 걸 알아차린 현진이가 말을 돌렸다.

혜영이는 한숨을 쉬며 대꾸했다.

"누구?"

"왜 있잖아. 노는 애."

"그런 애들이 한둘이냐? 누구?"

"박하. 왜 좀 곱상하게 생긴 애 있잖아."

이 학교에서 박하를 모르는 애는 없었다. 찬바람이 쌩쌩 불던 3월 초의 입학식 날, 요란한 엔진 소리와 함께 등장한 그 아이는 순식간에 시선을 모았다. 아이의 외모가 눈에 띌 정도로 곱상하고 단정했기 때문이기도 했지만, 오토바이에 웬 젊은 여자가 운전대를 잡고 있었기 때문이다.

"헐, 대박. 김혜영 봤어? 저것들 뭐야? 입학식에 웬 오토바이?"

최수지가 혜영이의 옆구리를 쿡 찌르며 말했다. 혜영이는 얼빠진 표정을 하고 천천히 고개를 끄덕였다. 추운 겨울만큼이나 창백하고 조용한 소년과 그를 태우고 온 빨간 입술의 여자.

여자는 그 아이를 내려 주고, 급하게 운동장을 빠져나갔다. 모두의 시선 속에 홀로 남겨졌으니 민망할 만도 하건만 그 아이는 그런 관심엔 익숙한 듯 태연하게 반 배정표를 확인했다. 여자애들은 그 애가 무슨 아이돌 가수라도 되는 양 호들갑을 떨었다.

한참 그 애를 보던 혜영이가 한마디 툭 던졌다.

"남자애가 뭐 저렇게 예쁘게 생겼냐. 그치?"

그러나 수지는 인상을 찌푸리며 고개를 저었다.

"얼굴이야 반반한데, 난 저렇게 센 척하는 애들 별로야. 오토바이 끌고 온 여자 봤냐? 이제 열일곱인 주제에 저런 애매한 연상이랑 같이 다니는 놈이 뭐가 좋아 보이냐? 원래 좀 예쁘장한 것들은 다 얼굴값 하는 거야. 조심해야 돼. 저런 캐릭터."

치, 자기 얼굴값은 안중에도 없는 모양이다. 혜영이는 말없이 입술만 삐죽거렸다.

이날, 박하라는 소년이 모든 신입생의 머릿속에 강렬하게 자리 잡았음은 당연한 일이었다. 매서운 날씨에 어울리는 무뚝뚝한 표정과 도자기 인형처럼 반질반질하니 고운 외모, 그리고 어딘가 미스터리해 보이는 여자와 오토바이를 배경으로 한 등장은 또래들의 호기심을 자극하기에 충분했다. 한동안 박하에 대한 아이들의 관심은 뜨거웠다. 물론, 또래 사내놈들의 눈에는 퍽이나 눈꼴시어 보였고 몇몇 남자애들은 걸핏하면 박하에게 시비를 걸었다.

박하는 늘 화제의 중심이었다. 확인되지 않은 풍문도 사실처럼 떠돌았다. 예를 들면 이런 식이었다.

한번은 2학년을 주름잡고 있던 양아치와 박하가 시비가 붙었다. 교복을 껄렁하게 입고, 껌을 씹던 선배는 그렇잖아도 사나운 눈매를 부라리며 박하를 살벌하게 노려보았다.

"니가 입학식 날 요란 떨던 새끼냐? 니가 그렇게 건방지다며? 생긴 건 왜 그 모양이냐? 놈인지 년인지 분간이 안 가네. 재수 없게."

그 선배는 덩치도 크고, 1학년 때는 유도부에서 에이스였다. 반면 박하는 마른 체형에, 인상도 깔끔하고, 귀에 구멍 하나 없고, 교복 단추도 남김없이 다 채운 곱상한 소년. 한 주먹에 나가떨어질 것 같은 모습이었지만 무릎 꿇을 기색은 전혀 없어 보였다.

"말 좀 곱게 하세요. 입에 걸레 물었어요?"

소년은 미소를 거두며 차가워진 목소리로 대꾸했다. 그리고 말이 끝나기 무섭게 선배의 주먹이 날아왔다.

이 이야기는 박하가 '노는 애'들의 하수로 전락하고, 여자아이들은 왕자님이 한순간에 찌질이가 된 것에 실망하는 것으로 끝맺을 가능성이 높았다. 그런데 박하는 날렵한 주먹질 몇 번으로 그 무서운 2학년을 때려눕혔다. 누구는 5 대 1이라고 했고 누구는 17 대 1이라고도 했다. 진실이 뭔지 아는 아이는 아무도 없었으나 분명한 사실은 하나 있다. 2학년에 올라갈 쯤 돼서는 아무도 박하에게 시비를 걸지 않았다는 것이다.

박하는 은연중에 냉랭한 분위기를 뿜어 내면서도 겉으로는 밝고 활기찼다. 보통의 센 척하는 아이들과는 달랐다. 혜영이도 그 점이 특이해 보이기는 했다.

한번은 수지한테 박하에 대해 물어본 적이 있다.

"박하라는 애 말이야. 니가 보기엔 어때?"

"어떻긴, 노는 놈이지. 쌩 양아치."

수지는 박하에 대한 점수가 짰다.

"에이, 걔가 무슨 양아치냐?"

"걔 소문 못 들었냐? 입학식 때 오토바이 끌고 왔던 여자가 술집 다니는 연상의 애인이래. 그리고 걔 수업 시간이 자는 시간이라며. 음악 빼고는 다 잔댄다. 밤에 뭘 하고 싸돌아다니는지. 그런 놈이 양아치가 아니고 뭐야."

사실 수지가 하는 얘기는 혜영이도 들은 적이 있다. 실제로 박하의 학교생활은 불성실했고, 선생님들은 박하를 좋아하지 않았다. 그 애가 다소 의미가 모호한 '노는 애'로 자리 잡은 것도 이런 이유에서였다.

박하는 이래저래 말이 많은 소문의 주인공이었다. 근데 현진이는 지금 왜 갑자기 그 애 얘기를 꺼내는 걸까? 혜영이는 물음표가 가득한 얼굴로 현진이를 쳐다봤다.

"걔가 뭐?"

"도둑질을 하셨단다."

뜻밖의 말에 혜영이는 눈을 크게 떴다.

"악보집이었다던데."

악보집? 박하랑 영 매치가 안 되는 아이템이다. 혜영이는 어이가 없다는 듯이 웃었다.

"야, 오토바이를 훔쳤다면 믿겠다."

"아니야. 분명히 악보집이랬어."

"누가 그래?"

"박민재가 만화책 사러 갔다가 봤대."

현진이가 들려준 얘기의 전말은 이랬다.

만화광으로 소문난 8반 박민재가 신간을 사려고 동네 서점에 들렀다. 뿌듯한 마음으로 책을 집어드는데 갑자기 험악한 목소리가 귓전을 때렸다.

"아, 안 된다니까! 학생증도 민증도 없대지, 교복도 안 입었지. 내가 뭘 믿고 외상을 해 주냐? 그리고 그거 관현악 악보까지 붙은 한정판이야. 찾는 사람이 좀 많은 줄 아냐?"

서점 주인의 목소리였다. 그 앞에는 웬 남학생 하나가 악보집을 들고 서 있었다. 박하였다.

'저놈이 대체 왜 저걸 들고 있는 거냐?'

곤란한 얼굴로 악보집을 들고 있는 게 퍽도 안 어울려서 궁금증이 생겼다. 힐끔힐끔 훔쳐보는데 박하가 입을 열었다.

"민증은 아직 신청을 안 했고, 학생증은 안 가지고 다닌다니까요."

학교도 오다 말다 하는 놈이 학생증을 가지고 다닐 리가 없지, 하고 민재는 생각했다.

"다른 서점에서는 찾을 수가 없어서요. 제가 사정이 있어서 당장은 못 드리지만 일주일만 기다려 주시면 꼭 갚을게요. 외상 한 번만 해 주세요."

목소리는 공손한데 태도는 꼿꼿했다. 외상을 부탁하는 주제에 참 뻔뻔하기도 했다. 서점 주인은 이 작은 서점에서 외상까지 받으면 어쩌라는 거냐며 성을 냈다.

"그럼 일주일 뒤에 사러 오면 되잖아!"

"지금 꼭 필요해서 그래요. 꼭 좀 부탁 드릴게요."

"아니, 이놈이. 안 된다고 몇 번을 말해! 너랑 이러고 있을 시간 없으니까 좋은 말로 할 때 그냥 가라."

주인은 완고했다.

서로 실랑이 벌이는 걸 보다가 학원 수업 시간이 늦어 민재는 서점을 나왔다. 그런데 그다음 날 박하를 우연히 마주쳤는데 문제의 악보집을 들고 있었다. 그 완고한 주인이 그냥 줬을 리는 없으니 훔친 게 아니고 뭐냐는 게 박민재와 이야기를 전해 나르는 아이들의 지론이었다. 그리고 이 이야기는 박하가 이런 일로 경찰서를 몇 번이나 들락날락했었다는 이야기로 확대 재생산되고 있었다.

이야기를 듣던 혜영이는 영 찜찜했다.

"야, 그래도 걔가 악보집을 훔쳤다는 건 좀…. 그리고 확실한 것도 아니네, 뭐."

"그거야 모르지. 여튼, 그게 사실이면 박하 걔 다시 봤어. 가끔 겁나 살벌해지기는 해도 어지간해선 잘 웃고 다니잖아. 이래서 사람은 겪어 봐야 한다니까."

현진이는 고개를 설레설레 저었다. 더 이상 대꾸하지 않고 다시 문제집으로 고개를 돌리던 혜영이는 먼발치에서 몇 번 보았던 소년의 하얀 얼굴이 떠올랐다. 현진이 말대로 평소엔 서글서글한 얼굴을 하고 있어서 나쁜 앤 아니구나 하고 생각했지만, 간혹 전혀 다른 뭔가가 느껴질 때도 있었다. 그 애의 눈빛이 그랬다.

'도둑질을 할 위인 같지는 않던데….'
 혜영이는 이미 마음이 떠난 문제집을 괜히 뒤적거리며 속으로 중얼거렸다.

한음고등학교는 유독 음악 인재들이 많이 모인 사립학교다. 교장으로 부임하는 사람들은 대대로 음악에 일가견이 있었고, 교사들 몇몇은 음악 분야를 깊이 공부한 사람들이었다. 그러나 한음고등학교가 예고도 아니면서 음악으로 유명해진 건 음악제와 유한민이라는 클럽활동 교사 덕분이다. 이른 아침, 교장이 교사들을 모아 놓고 이번 가을 음악제에 대해 일장 연설을 늘어놓을 때, 모두의 시선이 유한민에게로 쏠린 건 그런 이유에서였다.

"에, 그래서 말입니다. 이번에 교육청에서 공문이 왔습니다. 우리 한음사립고등학교의 가을 음악제가 올해로 20주년을 맞이하는 가운데에, 이 학교의 음악적 수준을 교육청에서도 인정한 바, 타 학교의 귀감이 될 수 있도록 표창을 수여한답니다. 더불어 교육감님이 이번 음악제에 직접 방문하겠다고 연락이 왔습니다. 또! 몇몇 대학과 언론사에 초청장을 보냈는데 긍정적인 답변을 보내왔습니다. 이게 다 우리 한음고의 음악적 수준이 어지간한 예고를 뛰어넘었다는 얘기가 아니겠습니까? 작년에 우리 한음고가 전국 고등학교 음악 예술제에서 대상을 탄 이래 이런 경사는 또 처음입니다! 하하하!"

교장은 진정 감격스럽다는 표정으로 열변을 토했다. 그러나 교사들의 얼굴에는 귀찮은 티가 역력했다. 고등학교 행사로는 이례적일 만큼 주목을 받고 있었지만 이 일로 득 볼 사람이야 교장, 교감 그리고 유한민뿐이니까.

"이게 다 유한민 선생님 덕분입니다. 선생님이 학생들을 맡아 준 뒤부터 학생들 실력이 전공생에 비견할 만큼 수준이 높아졌고, 음악제 수준도 예고 수준이 된 게 아니겠습니까."

서른 후반의 유한민은 교장의 찬사와 교사들의 묘한 시선에 그저 머쓱하게 웃어 보였다. 작년에 열렸던 전국 고등학교 음악 예술제에서 대상을 받은 게 이번 일에 큰 영향을 미쳤을 것이다. 잘된 일이었지만 유한민은 곤혹스러웠다. 이 일로 자신이 다시 세상에 드러날까 두려웠다. 클럽활동 교사로 채용이 될 때도 여기저기서 말들이 많았고, 15년 전에 대한민국을 떠들썩하게 만들었던 장본인이 아닌가. 그런 요란한 관심은 다시는 받고 싶지 않았다.

교장의 기나긴 조회가 끝나고 교무실로 돌아온 유한민은 가을 음악제 기획안을 모니터에 띄워 놓고 잠시 생각에 잠겼다. 어릴 적부터 언론에 이름이 오르내렸던 유한민은 피아노 천재이자 작곡 신동이었다. 젊은 날, 객기와 만용으로 음악을 떨쳐 버리지만 않았다면 아마 지금쯤 세계적인 음악가가 되었을지도 모른다. 지금이야 불운의 음악 천재라는 달갑지 않은 꼬리표를 단 평범한 교사지만 젊은 시절 그런 실수만 하지 않았어도 피아노든 작곡이든 끝을 보았을 것이다. 만일 지금 다시 그 시절로 돌아갈 수만 있다면….

"한민 쌤~ 올해는 어때요? 누가 가장 잘할 것 같으세요?"

유한민을 아픈 과거의 회한에서 건져 준 건 얼굴이 노랗게 뜬 노처녀 선생이었다. 유한민은 아득히 멀어졌던 정신이 다시 돌아오는 걸 느끼며 아무렇지 않은 척 대답했다.

"뭐가요?"

"자기도 참~ 가을 음악제 말이에요."

"글쎄요, 해 봐야 알겠지요. 다들 워낙 잘하니까…."

그가 곤란한 듯 말끝을 흐렸다. 머쓱하게 웃는 유한민의 얼굴은 서른여덟의 노총각이라고는 믿을 수 없을 만큼 수려했다. 노처녀 선생이 집적댈 만도 한 남자였다.

"한민 쌤, 난 이번에도 3학년 5반 최수지가 가장 잘할 것 같아요. 걔 전공자 급이잖아요."

유한민이 고개를 끄덕였다. 최수지는 인형처럼 예쁜 얼굴에 피아노 실력도 수준급이고, 자신을 잘 따랐다. 그렇지만 듣기로는….

"근데 그 애 배우가 꿈이라지 않았어요?"

유한민의 질문에 여선생은 의아한 표정을 지었다.

대답을 한 건 유한민의 책상과는 대각선으로 2미터쯤 떨어진 곳에 앉아 있는 최수지의 담임선생이었다.

"그러게요. 죽어도 연극영화과를 가겠대요. 유 선생님도 아쉽겠지만,

전 정말로 기절하겠어요. 걔가 성적은 별로라 피아노를 하면 훨씬 더 좋은 대학에 갈 수 있는데도 고집을 피우더라고요. 걔 어머니도 피아노 쪽으로 생각하시던데…."

목소리에 답답한 기색이 묻어났다. 최수지 때문에 꽤나 스트레스를 받는 모양이다.

유한민은 어깨를 으쓱해 보이곤 모니터로 시선을 돌렸다.

"한민 쌤, 이번 클라이맥스 무대는 어떻게 하실 거예요?"

이제는 교태까지 추가된 목소리. 하지만 유한민은 매너 있게 웃으며 대답했다.

"그동안은 협주를 주로 했는데, 이번에는 좀 색다르게 해 보려고요. 다양한 분야의 학생들이 참여할 수 있는 무대를 만들어 보려고 고민하고 있어요."

유한민의 얼굴은 복잡하고 미묘했다. 많은 사람들의 이목이 집중된 이 무대를 통해서, 그리고 학생들의 모습을 통해서 언론은 자신을 다시 세상 밖으로 끄집어낼지도 모른다. 무섭다. 하지만 그러면서도 가슴께가 간질간질해지는 이상한 즐거움이 슬그머니 고개를 들었다.

"뮤지컬 한번 해 보려고요. 기자들까지 온다니, 클라이맥스 공연이 작게라도 기사화 되면 시나리오든 배우든 연주 파트든 학생들이 득을 좀 보지 않을까요? 대학 면접 때 한 줄이라도 더 말할 거리가 생기겠죠. 진로 찾는 데 도움도 될 거고."

가을 음악제 공고문이 붙었다. 아이들은 공고문에 지대한 관심을 보였다. 언론사 기자에 대학 교수까지 온다는 건 학생들에게도 가슴 설레는 일이었다. 학교 전체가 가을 음악제 이야기로 떠들썩했다.

혜영이도 공고문을 봤다. 자기는 음악제와 아무 관련이 없는데도 심장이 쿵쾅거렸다. 어릴 때 '여자라면 악기 하나쯤 다룰 줄 알아야 한다'는 엄마의 지론 때문에 피아노를 배운 적이 있지만, 혜영이는 음악에 재능이 없었다. 인생에서 유일했던 음악과의 끈은 3년의 배움 끝에 끊어졌다. 일말의 아쉬움도 없이. 그런데 지금 혜영이의 가슴이 이렇게 일렁이는 이유는 뭘까.

혜영이는 괜히 애꿎은 손톱만 오도독 씹었다. 그때 담임선생이 교실로 들어왔다. 담임은 종이 한 장을 칠판에 붙였다.

"모두 알겠지만, 오늘 학교에 붙은 공고문에 대해서 설명을 좀 하려고 한다."

담임은 부드러운 표정으로 학생들을 둘러보았다.

"이번 가을 음악제에 외부인사가 온다는 건 알 거다. 누군가한테는 좋은 기회가 될 수 있을 거야. 그래서 유한민 선생님도 이번에 특히 더 신경을 쓰고 있고."

유한민의 이름이 나오자 몇몇 여학생들이 짧게 비명을 질렀다. 미중년의 외모와 불운의 음악 천재라는 꼬리표가 십대의 끝자락에 서 있는 소녀들의 감성을 자극하는 모양이다.

"이번엔 뮤지컬이 클라이맥스 공연이다. 유한민 선생님이 감독하고 지휘하시겠지만 사실 전부 너희 스스로 만드는 거야. 1차 모집 분야는 악기 연주고 대본이 확정되면 뮤지컬 배우도 모집할 거야. 우리 반에도 해당되는 학생들이 몇 있는 걸로 아는데, 좋은 기회가 될 테니 알아서 잘 준비하길 바란다."

이미 알고 있는 내용이었지만, 아이들은 새삼스레 술렁였다. 클럽활동 중에 유한민이 담당하는 뮤지컬부가 있기는 했지만 뮤지컬이 가을 음악제에 올라온 적은 없었다. 확실히 색다른 무대가 될 것 같았다. 음악에 흥미가 없던 아이들도 한번쯤 해 보고 싶다는 생각을 하게 만드는 프로젝트였다.

담임선생님은 공고문을 떼어 내며 덧붙였다.

"참, 뮤지컬 시나리오도 공모한다는데 너희는 공부에 집중해야 한다는 거 명심해라. 특히, 양현진! 이때다 하고 글 깨작거리지 말고, 공부나 해. 시나리오 당선돼 봤자 수능 망치면 끝이다. 영어가 얼마나 떨어진 줄 알아?"

현진이는 뜨끔한 표정으로 어깨를 움츠렸다. 덩달아 혜영이의 어깨도 같이 움츠러들었다.

혜영이는 못된 장난을 하다 걸린 아이처럼 가슴이 콩닥거렸다. 땡땡이까지 치고 음악실에서 소설을 구상하던 것을 마지막으로 잡다한 생각은 끝내기로 했다. 그러나 야무지게 공부로 방향을 잡은 머리와 달리 혜영이의 마음은 온종일 번잡스러웠다. 그러다 결국 오랫동안 잊고 있었던 흑역사가 튀어나오고야 말았다.

초등학교 6학년 때쯤이었다. 생텍쥐페리의 『어린왕자』를 읽고 감동에 젖어 있던 시기였다. 원래 책을 좋아하기는 했는데 구체적으로 작가가 되고 싶다는 생각을 한 건 이때부터였다. 머릿속에는 수많은 이야기들이 고무찰흙처럼 뭉쳐져 있었다. 혜영이는 생텍쥐페리를 능가하는 작품쯤은 얼마든지 쓸 수 있다는 오만에 가까운 자신감으로 펜을 들었다. 사실 해리포터 모작에 가까운 판타지 소설이었지만 공책 한 권을 채워 엄마에게 내보였다. 엄마는 예상대로 아주 부드러운 미소를 지었다. 한두 장밖에 보지 않았지만, 어쨌든 웃어 주셨던 것이다. 그리고 머리를 쓰다듬으며 말했다.

"우리 딸, 멋지네. 근데 이제 이런 건 그만하자. 중학교 가기 전에 영어를 좀 더 해 둬야 해. 그래야 이다음에 좋은 직업을 갖지."

엄마의 대답은 충격이라기보다는 슬픔에 가까웠다. 온갖 정성을 기울여서 즐겁게 썼던 글을 '이런 것'이라고 치부한 것도 그렇지만, 작가가 되는 걸 결코 허락하지 않을 단호함이 보였기 때문이다.

그때 느꼈던 우울함만큼 기억은 선명했다. 혜영이는 꼴깍 마른침을 삼켰다. 먹고 살기엔 의사나 약사가 작가보다야 훨씬 나았다. 옛날부터 끝에 '사'가 붙는 직업은 호강하는 직업이랬다. 옛적부터 부모 말을 들으면 자다가도 떡을 얻어먹는다고 했더랬다. 그래, 엄마 말이 맞다. 혜영이는 억지로 고개를 끄덕였다.

며칠 후, 현진이는 본격적으로 시나리오를 써 내려갔다. 혜영이는 짜증을 눌러 가며 언어 문제집을 푸는 것으로 현진이에게 시위를 했지만 기분은 조금도 나아지지 않았다. 이게 약을 올리는 거야 뭐야 하고 혜영이는 은근히 눈을 치떴다. 그때 휴대폰이 드르륵 울렸다.

"어, 수지야."

[뭐 하냐? 수다 한판 콜?]

"나 지금 공부 중이야."

집중은 제대로 못했지만.

[야, 이 융통성 없는 것아. 공부도 쉬엄쉬엄 해야 머리에 들어오는 거야. 잔말 말고 음악실로 튀어 와. 난 가는 중. 요즘 콩쿠르 땜에 내가 전세 내다시피 하고 쓰니까 다른 애들은 없을 거야.]

수지는 음악실로 올라오라는 말만 남기고 뚝 끊어 버렸다. 혜영이와는 반대로 직설적이고 단호한 성격의 최수지는 항상 그랬다.

혜영이는 배시시 웃으며 자리에서 일어났다. 수지 말대로 잠깐 머리를 식히고 오면 마음이 깨끗이 정리될 것 같았다.

"현진아, 나 잠깐 친구 좀 만나고 올게. 선생님 오시면 문자 부탁해."

혜영이는 서둘러 음악실로 올라갔다. 수지는 아직이었고, 음악실은 휑했다. 열려 있는 피아노 뚜껑과 비뚤어진 의자에서 사람의 온기가 느껴졌지만 사람은 보이지 않았다. 누군가 자기처럼 자습 시간에 몰래 빠져나와 피아노를 치다가 방금 돌아간 것 같았다.

혜영이는 주변을 휙 둘러보고는 피아노 의자에 앉았다. 수지 흉내나 내 볼 겸, 의자를 드륵- 끌어당기는 순간, 음악실 문이 벌컥 열렸다. 혜영이는 머쓱한 얼굴로 문 쪽을 쳐다보았다.

익숙하면서도 낯선 얼굴이 거기 있었다.

"어…."

혜영이는 어찌할 줄을 모르고 그 자리에 얼어붙어 버렸다.

새하얀 피부에 예쁘장한 얼굴을 하고 있는 남자애는 조금 상기된 얼굴을 하고 혜영이를 향해 걸어왔다. 살짝 노을이 지기 시작하는 초여름의 저녁 무렵, 자신이 앉아 있는 피아노를 향해 똑바로 걸어오는, 저보다 예쁠 것임이 분명한 남자애. 불그스름한 남학생의 입술이 오물거렸다.

"그거 내 건데."

"…."

"저기, 그거 내 거라고."

"어?"

갑자기 눈앞으로 쑥 들이미는 하얀 얼굴에 혜영이는 화들짝 놀랐다. 남학생은 혜영이의 눈을 보며 또박또박 말했다.

"그거 내 거야."

"그거… 라니?"

"니가 반쯤 깔고 앉은 거."

응? 하고 혜영이는 피아노 의자를 힐끔 보았다. 엉덩이 옆으로 공책 비슷한 것이 삐져나와 있었다. 혜영이의 얼굴이 순식간에 빨갛게 물들었다. "이, 이거?" 하고 혜영이가 묻자, 박하는 빙그레 웃으며 고개를 끄덕였다. 혜영이는 깜짝 놀란 개구리처럼 몸을 움찔하며 후다닥 일어섰다. 깔고 앉았던 책에는 커다란 글씨로 '박하'라는 이름이 쓰여 있었다.

"미, 미안해. 못 봤어."

"미안할 것까지야."

박하는 제 물건을 줍더니 웃음기 남은 얼굴로 돌아섰다. 꽃같이 웃는 얼굴이 근사했다. 마침 창문으로 스며드는 노을빛은 그 아이를 더 돋보이게 했다.

혜영이는 마치 어린 여동생을 보듯 미소 지었던 박하의 표정이 지워지지 않았다. 어쩌면 박하는 생각보다 훨씬 더 상냥한 아이일지 모른다. 얼굴도 잘 모르는 여자애가 자기 물건을 깔고 앉았는데 눈 하나 찡그리지 않는 것만 봐도 그렇지 않은가.

아, 그러고 보니 '박하'라는 이름이 크게 써 있던 책은 『쇼팽 에튀드』였다. 수지한테도 있는 악보집이었다. 그 책에 '최수지'라는 이름은 잘 어울렸지만 '박하'는 어딘가 어색했다.

혜영이는 박하의 악보집이 있던 곳을 물끄러미 쳐다보았다. 보기만 해도 어지러운 악보를 보며 차근차근 연주를 해 나가는 박하의 모습이 얼핏 그려졌다. 그러고 보니 박하의 얼굴이 피아노와 은근히 어울리는 것도 같았다.

"김혜영~ 갑자기 담임이 들어오는 바람에 좀 늦었다. 미안."

상념의 문을 벌컥 열고 들어온 건 수지였다.

"야, 나 올라오다가 걔 봤어."

"누구?"

"왜 그 새하얀 놈 있잖아. 박하."

박하. 언젠가 2학년 선배를 때려눕혔던 과격한 모습과 은연중에 느껴지던 차가움, 도둑질을 할 만큼의 나쁜 구석은 오늘의 박하에게선 찾아볼 수 없었다. '미안할 것까지야' 하고 웃던 그 아이의 얼굴이 떠올라 심장이 고장난 것처럼 쿵쾅거렸다.

"야, 김혜영. 듣고 있냐?"

혜영이는 화들짝 놀라며 수지를 쳐다보았다.

"가을 음악제 얘기하고 있잖아, 지금."

"아, 미안."

"여튼 공고문을 보는데 심장이 짜릿하더라니까. 배우 되겠다고 말만 했지 한 번도 제대로 연기를 해 본 적은 없잖아. 배우를 모집한다니까 심장이 진짜 찡- 하고 울렸어. 찡 하고."

수지가 눈을 크게 뜨고 오버를 했다.

"근데 뮤지컬 배우는 연기랑 노래 둘 다 잘해야 하는 거 아니야?"

"당근이지. 나 둘 다 잘하잖아."

수지의 자신감은 몇 년째 봐도 늘 새롭고 놀랍다.

사실 연기는 몰라도 수지의 노래 실력이라면 혜영이도 잘 알았다. 피아노에는 못 미쳐도, 어디에 내놔도 잘한다는 말을 들을 정도의 실력은 되었다. 아무래도 최수지는 음악 쪽 재능을 타고난 것 같았다. 혜영이는 새삼스럽게 부러운 마음이 들었다.

"근데 넌 어떻디? 시나리오도 뽑는다잖아. 너도 여기가 이상했어?"

수지가 손가락으로 혜영이의 가슴께를 쿡 찔렀다. 아직 진정되지 않은 심장 박동은 수지의 손가락에 고스란히 전해졌다. 수지가 키득키득 웃었다.

"얘 봐라, 말만 들어도 쿵쾅거리나 보네."

혜영이는 "어? 어어…" 하고 얼버무렸다. 박하 때문에 뛰던 심장이 시나리오에 대한 마음과 묘하게 겹쳤다. 불현듯 시나리오를 쓰던 현진이의 얼굴이 떠올라 혜영이의 눈썹이 살짝 위로 올라갔다.
 "졸업하기 전에 한 번쯤 내가 하고 싶은 일을 해 보고 싶다…. 난 뭐 그런 생각이 들더라. 넌 안 그래?"
 최수지가 머쓱하게 웃으며 말했다. 혜영이는 마음이 복잡해져서 아무 대답도 할 수 없었다.

　날은 점점 더워졌다. 에어컨이라도 틀면 좋겠는데 안타깝게도 3학년 7반 에어컨은 2주 전에 망가졌다. 서비스센터에서 두어 번 수리를 해 주러 왔지만 고장의 정도가 심각한지, 그때만 잠깐 돌아가다가 금세 또 불길한 소리를 내며 꺼졌다. 선풍기 4대로 버티는 교실 안은 무척이나 더웠다. 두어 명쯤은 자리를 박차고 나갈 만도 하건만, 아이들은 땀을 흘리면서도 자리에 본드를 붙여 놓은 듯 앉아 있었다. 혜영이도 흐르는 땀을 손등으로 대충 훔치며 군소리 없이 문제집을 풀었다. 원래 고3의 여름은 이렇다고 하니까.
　'아씨- 이건 왜 또 틀린 거야?'
　오답 체크를 하던 혜영이가 와락 인상을 찌푸렸다. 온몸이 화끈거렸다. 날이 더워서만은 아니었다. 혜영이는 그 근원이 뭔지 어렴풋이 짐작했지만, 무시하고 계속 문제집을 풀었다. 그러나 다섯 문제를 내리 틀렸을 때, 혜영이는 샤프를 놓았다.

"내가 밤새 고민을 해 봤는데 말이야."

음악실에서 단둘이 수다를 떤 다음 날에 최수지가 혜영이에에게 넌지시 던진 말이었다. 수지는 괜히 오글거리게, 진지한 표정으로 말을 이었다.

"아무리 생각해도 졸업하기 전에 한 걸음이라도 떼는 게 맞는 것 같아. 원서 쓰고 나서, 졸업하고 나서 돌아서는 게 지금 돌아서는 것보다 훨씬 더 어려울 거야."

수지는 엄마에 대해 불평을 하면서도 나가는 콩쿠르마다 트로피를 거머쥐었다. 그리고 사실 이때까지 엄마의 뜻을 거슬러 본 적이 없다. 그런 최수지가 고집을 부려 보겠다고 하는 것이다. 이번 콩쿠르도 그만두겠다고 했다. 혜영이는 몇 번이나 진심이냐고 물었지만 수지의 대답은 한결같았다. 준비하던 콩쿠르도 던져 버리고 가을 음악제 무대에 '피아노 연주자'가 아닌 '배우'로 서겠다는 것이다.

열아홉. 십대의 졸업을 알리는 이 나이가 수지에게 경종을 울린 것일까. 이유야 어찌됐건 혜영이는 단짝의 모습이 낯설었다. 우리는 꿈을 이룰 수 없는 운명이니까. 너는 배우가 되고 싶은 피아니스트로, 나는 작가가 되고 싶은 약사로 남는 게 우리 이야기의 엔딩이니까.

수지의 눈이 오늘따라 흔들림 없이 올곧았다. 친구로 6년, 그러나 혜영이는 이렇게 낯선 수지의 얼굴은 처음이었다. 그 말을 들은 지 한 주가 지났는데 지금까지도 잘 믿겨지지 않았다. 최수지는 그 후로 피아노를 건드리지 않았다.

"야야, 땅 꺼지겠다. 무슨 한숨을 그렇게 쉬냐?"

마침 교실로 들어오던 현진이가 키득거리며 다가왔다.

"많이 덥냐?"

혜영이는 짜증스럽게 고개를 끄덕였다. 이 끈적거리는 더위가 머리에 이상한 짓을 하지 않았다고 할 수도 없는 상황이다.

"교무실에서 알짱거려 봐. 에어컨 진짜 빵빵하더라."

"귀찮아. 그냥 있을래."

"가야 될걸? 담임이 너 찾아."

담임이 왜?

인상이 절로 찌푸려졌다. 담임이 자기를 찾는 이유는 둘 중 하나였다. 성적이 떨어졌을 때 혹은 성적이 안 올랐을 때.

"아, 짱나."

흘러내리는 머리카락을 핀으로 아무렇게나 고정시키며, 혜영이는 복도로 나갔다. 교무실과 가까워질수록 냉기가 느껴졌다. 뜨겁던 열기가 식어 가니, 복잡했던 머릿속도 점차 가라앉는 것 같았다. 사실 혜영이는 알고 있었다. 자신이 수지의 결심에 왜 충격을 받았는지. 날씨 탓만 하기엔 지나치게 과한 이 짜증이 어디서 오는 건지.

질투.

머리가 복잡한 건 모두 그 때문이었다. 내가 하고 싶은 일을 차마 하지 못하는 소심함. 정해진 길에서 벗어나는 것에 대한 두려움. 근데 그것을 하려고 하는 단짝. 난 못 하는데 하려고 하는….

혜영이는 이를 악물며 손을 꽉 쥐었다. 손가락 마디마디가 새하얗게 질렸다. 바르르 떨리는 그 손 안에 쥔 건 혜영이의 속마음이었다. 부모님에게, 선생님에게 비웃음이나 당할 꿈은 차라리 깨져 버리는 것이 낫다고 혜영이는 생각했다.

차가운 교무실 문고리에 손을 올렸을 때, 혜영이의 손바닥에는 손톱자국이 깊게 나 있었다.

"선생님, 부르셨어요?"

"어, 혜영아."

선생님은 자상한 표정을 짓고 있었다. 혼내려는 건 아닌 모양이었다.

"어때, 공부는 잘돼?"

"그럭저럭요."

거짓말.

"약대 가려면 열심히 해야지."

손톱자국이 난 자리가 욱씬- 아파 왔다.

"저기, 혜영아. 너 수지랑 친하지?"

"예?"

"수지랑 친하냐고."

예상치 못한 질문에 혜영이는 말문이 막혔다. 간신히 고개만 끄덕이자, 선생님은 한숨을 푹 쉬며 수지가 콩쿠르도 취소하고 음악실도 안 쓰는데 대체 왜 그러는지 아느냐고 물었다. 혜영이는 기가 막혔다. 방금 전까지 수지 때문에 머리가 복잡했는데 담임까지 수지 일을 묻다니. 수지가 우리 반도 아니고.

"수지 담임선생님이 고민이 많으셔. 뭐, 너도 모른다니 할 말이 없네."

선생님은 말끝을 흐리더니 곧 또렷한 시선으로 혜영이를 응시했다.

"사실 내가 걱정하는 건 너야. 친구가 헤맨다고 괜히 너까지 영향받지 말고 정신 똑바로 차려. 이제 곧 수능인데 엉뚱한 데 신경 쓰면 돌이키기 힘들어. 생각은 수능 치고 나서 하자. 졸업한 다음에도 기회는 얼마든지 있어."

숨이 턱 막혔다. 당황하여 흔들리는 시선에 잡힌 건 머리통이 동글동글한 남자애였다. 10반 담임 책상 앞에서 지루해 죽겠다는 표정으로 앉아 있는 그 애는 얼핏 보아도 곱살스러웠다.

박하다!

순간 몸이 경직됐다.

10반 담임은 몹시 화가 난 얼굴을 하고는 혜영이의 눈에 익은 노란 표지의 책으로 책상을 탕탕 내리치고 있었다.

박하의 표정에서 순식간에 온기가 사라졌다. 그리고 무슨 사단이라도 낼 것처럼 눈을 치떴다가 곧 질끈 감았다.

"이 새끼가 정신 빼놓고 학교 다니지? 5, 6교시 다 빼먹고 음악실에서 잠이나 쳐 자는 건 어디서 배웠어? 음악실이 니네 집이냐? 그리고 이건 뭐냐? 지난번에 악보집 훔쳤다더니 그거 아니야? 어?"

꾹 참고 고개를 숙이고 있던 박하는 악보집 모서리가 이마를 툭 치는 순간 짜증이 역력한 얼굴로 고개를 들었다. 순간 혜영이와 박하의 시선이 부딪쳤다. 저도 모르게 심장이 쿵 하고 떨렸다. 눈을 피하기엔 이미 늦었겠지? 하고 생각하는 순간 박하가 사납게 올라갔던 눈매를 순식간에 접어 내렸다. 무서웠던 얼굴이 본래 모습으로 돌아왔다. 이 애 안에는 흑과 백이 공존하는 것 같았다.

박하는 착 가라앉은 목소리로 대꾸했다.

"훔친 거 아니에요."

"그럼 뭐야?"

"제 돈으로 산 겁니다."

10반 담임은 의심스럽다는 얼굴로 박하를 쳐다보더니 곧 더 이상 뭘 말하기도 귀찮다는 듯 손을 휘휘 내저었다.

"아, 됐다, 됐어. 하여튼 너 음악실 멋대로 들어가지 마. 또 걸리면 진짜 얄짤 없어!"

10반 담임은 두어 마디 더 호통을 치고는 보기도 싫다는 듯이 고개를 저었다. 이만 가 보라는 그의 말에 박하는 아무 말 없이 일어났다. 혜영이는 박하가 사라지고 나서야 자기 담임이 아직도 자기를 타이르고 있다는 것을 깨달았다.

"그러니까 너까지 괜히 쓸데없는 짓 하지 말라고. 수지랑 너랑 붙어 다니니까 괜히 너도 영향받을까 봐 걱정돼서 하는 말이야."

결국은… 하고 혜영이는 비아냥거리듯 중얼거렸다. 결국 선생님은 이런 말이 하고 싶었던 것이다. '공부나 열심히 해라.'

혜영이는 대충 고개를 끄덕였다. 교무실을 나서는데 마음이 더할 나위 없이 찜찜했다. 수지에 대한, 자신에 대한, 그리고 박하에 대한 감정들이 충돌을 일으켰다.

저 멀리, 박하가 뚜벅뚜벅 걸어가는 게 보였다. 혜영이는 복잡한 표정으로 그 애의 뒷모습을 응시했다. 선생님한테 혼날 때의 무서운 표정과 평소의 밝은 표정이 겹쳤다. 박하의 손에 들린 노란색 악보집을 본 순간, 마음은 더 복잡해졌다.

수업을 마친 혜영이는 학교 독서실에서 문제집을 풀었다. 스탠드가 깜빡였다. 혜영이는 자리를 옮길 생각도 하지 않고 스탠드 불빛을 멍하니 쳐다보았다. 그려 놓은 듯이 예쁜 최수지의 얼굴과 담임한테 실컷 혼나던 박하의 모습이 망가진 스탠드처럼 머릿속에서 깜빡거렸다.

'다 미쳤어. 이 중요한 시기에 연기를 하겠다는 최수지나 어울리지도 않는 악보집 훔쳐서 땡땡이나 치는 그 애나 다 미쳤어.'

그래, 박하도 최수지도 입시 스트레스 때문에 살짝 맛이 간 게 분명했다. 혜영이는 그렇게 생각하고는 다시 문제집으로 시선을 돌렸다. 그러나 곧 얼굴은 울상이 되었다.

최수지는 사실 야금야금 준비를 해 오고 있었다. 그 애는 중학생 때부터 용돈으로 옷이나 화장품을 사지 않았다. 수지가 돈을 쓰는 곳은 극장이었다. 혜영이도 수지를 따라 대학로에서 연극을 보곤 했다. 무대 위에서 펼쳐지는 이야기는 눈을 사로잡았고 무대가 끝나면, 혜영이는 반짝반짝 빛나는 얼굴로 멍하니 천장 조명을 바라보곤 했다. 조명은 수지와 혜영이가 나가기 전까지 결코 꺼지는 일이 없었다. 지금 혜영이의 눈앞에서 깜빡이는 스탠드와는 달리.

짜증이 치솟았다. 이젠 별것이 다 신경을 건드린다. 깜빡이는 스탠드와 갑자기 신경이 쓰이기 시작한 박하. 요즘 들어 낯설게만 느껴지는 단짝. 그리고 제대로 시작하지 못한 날라리 여고생 이야기까지.

"미쳤어. 나 진짜 미쳤나 봐."

혜영이는 울음이 터질 것 같은 얼굴로 중얼거렸다. 옆자리의 남자애가 인상을 쓰며 조용히 하라는 듯이 흘겨봤지만, 혜영이는 다시 "돌겠네" 하고 중얼거렸다. 남자애는 이번엔 "씨발" 하고 답례를 했다.

결국 더 버티지 못하고 학교를 뛰쳐나왔다. 교정의 시계는 저녁 6시를 가리키고 있었다. 이렇게 이른 저녁에 학교를 나와 본 지가 까마득했다. 야자 한 시간 만에 땡땡이라. 땡땡이를 안 쳐 본 건 아니었지만, 6시는 최단 기록이었다. 터벅터벅 걷는 힘없는 발밑에서는 마른 나뭇잎 부서지는 소리가 났다.

한참을 걸어 집 근처 공원까지 왔을 때 어디선가 드릴 소리가 들렸다. 인부들의 고함소리도 시끄럽게 울렸다. 잠시 발을 멈추고 힐끗 보니 공사 현장이었다.

인부들은 일을 마무리하느라 정신이 없었다. 해가 내려앉기 전에 일을 끝내려는 듯, 모두 바쁘게 움직였다. 제법 모양이 갖춰진 미완성 건물은 얼핏 보아도 고상한 형체였다. 마무리 작업을 하는 인부들의 고함소리가 사방에서 들렸다.

"거기! 드릴, 스톱!"

"빨리 좀 끝내자고! 야, 신참! 벽돌 스무 장만 저기로 옮겨 놔!"

"박하야, 벽돌 퍼뜩 정리해라!"

시끄러운 소리들 중에서 문득 귓가를 단숨에 파고드는 소리가 있었다. 가래가 잔뜩 낀 걸걸한 목소리는 아주 당연하다는 듯 '박하'라는 이름을 실었다. 혜영이는 팔에 오소소 소름이 돋았다.

혜영이에게서 얼마 떨어지지 않은 곳에서 "예" 하는 힘찬 대답 소리가 들렸다. 슬그머니 눈을 돌리자 거기 속 좋게 웃고 있는 박하가 있었다. 심장이 가느다란 경련을 일으키는 것처럼 쿵쾅거렸다. 문제집을 끌어안은 팔에 힘이 들어갔고, 손은 차가워졌다.

"저기로 옮기면 되죠?"

안전모를 대충 걸친 박하는 벽돌을 잔뜩 실은 지게를 어깨에 졌다. 하얀 얼굴에 거무죽죽한 자국들이 배어 있었다. 학교에서와는 너무나 다른 모습이었다. 먼지가 풀풀 날리는 공사장에 어째서 도자기 인형 같은 남학생이 있는 건지 이해가 안 됐다.

잠시 후, 대놓고 박하를 쳐다보고 있다는 사실을 깨달은 혜영이는 황급히 몸을 돌렸다. 그리고 도망치듯이 그곳을 빠져나왔다.

돈이 없는 걸까? 학기 중에 일을 하지 않으면 안 될 정도로? 혜영이는 고개를 절레절레 흔들었다. 무수한 소문 중에서도 그 애가 공사장에서 노가다를 뛸 정도로 가난하다는 말은 들어 본 적이 없다. 그리고 아무리 집안이 어렵다 해도 누가 몸 축나는 막노동을 하려 들겠냔 말이다. 그런데 박하는 공사장에서 벽돌을 지고 있었다. 평범한 고등학생이라면 하지 않을 그런 일을 하고 있었.

박하가 서 있던 곳의 모래 먼지가 다시 떠올랐다. 삶의 무게가 어깨를 짓누르는 그런 곳은 엄마가 혐오하는 악의 구렁텅이였다(엄마는 그런 장소들을 '악의 구렁텅이'라고 표현했다). 그런 구렁텅이에 빠지지 않기 위해서는 고수익과 안정성이 보장된 일을 해야 한다고 엄마는 누누이 말해 왔다. 그게 행복해지는 길이라고 했다. 그리고 나는 엄마가 닦아 놓은 길 위를 열심히 달려왔다. 하지만 난 아직 엄마가 말하는 '행복'을 찾지 못한 것 같다. 해가 갈수록 행복이란 놈의 행방은 묘연해지기만 했다. 그런데 박하는 우리 엄마가 그토록 경고하던 곳에서 아무렇지 않게 웃고 있었다.
　당당하고 즐거워 보이는 박하의 얼굴이 다시 떠올랐다. 생각해 보니 전에 음악실에서 우연히 만났을 때도 그런 얼굴을 하고 있었던 것 같다.
　도무지 정체를 알 수가 없는 아이에 대해 푸념을 하려던 찰나, 혜영이는 생각을 접었다. 나랑 아무 상관없는 아이에 대해 왜 이렇게 오래 생각하고 있는 건지 이해가 되지 않아서.

진짜 이상한 놈이야.

3층 복도 창문에 매달려서 운동장을 내려다보던 혜영이는 속으로 중얼거렸다. 공사장에서 박하를 본 뒤로 혜영이의 시선은 저도 모르는 사이에 박하를 좇았다. 주변에는 늘 그 애를 동경하는 소녀들이 흘깃거리며 서 있었다. 따로 소란을 일으키지 않아도 존재감이 넘치는 애였다. 그런데 박하를 관찰하는 동안 혜영이의 마음 깊숙이 들어온 건 박하의 눈이었다. 지쳐 있고, 뭔가 불안한 또래 다른 아이들의 눈과는 달랐다. 또렷하고 흔들림 없는 눈, 그건 혜영이가 가지지 못한 것 중 가장 탐나는 것이었다.

"뭘 그렇게 봐?"

누군가가 목을 끌어안았다. 수지다.

"내가 뭘?"

"아까부터 계속 운동장만 보고 있었잖아. 누구 찾아?"

"찾긴 무슨…. 그냥 날씨가 좋아서."

"뻥치시네. 내가 널 모르냐? 한참 뚫어지게 보고 있더만."

수지는 꽤 예리한 구석이 있었다. 잘못 친 음을 딱 잡아내는 것 같은 그런 예리함. 혜영이는 가슴에 안고 있던 공책을 더 꽉 끌어안았다.

"어디 보자~ 누굴까. 우리 김혜영이가 찾고 있는 남자가~."

"남자는 무슨!"

"야, 이 더위에 운동장에서 망아지처럼 뛰어노는 미친 애들은 죄다 남자야. 니가 온 운동장을 눈으로 쓸고 있는데, 남자 아님 뭐냐?"

수지는 운동장을 주시했다. 남자라고는 모르는 이 쑥맥이 무슨 바람이 불었나 하고 생각하던 찰나에 누군가 눈에 확 들어왔다. 박하. 남자아이들의 보이지 않는 먹이사슬에서 별다른 위협이나 불량한 태도 없이도 높은 위치를 차지하고 있는 미스터리 왕자님. 그러고 보니 요즘 혜영이가 박하에게 관심을 보였던 것 같기도 하다.

최수지는 눈썹을 찡그렸다.

'묘하게 날카로운 놈이라 마음에 안 드는데…. 하여튼, 남자 보는 눈하고는.'

그러나 요즘 부쩍 기운이 없는 혜영이의 모습을 떠올리면 뭐라도 새로운 경험을 하는 게 나쁘지는 않겠다는 생각도 들었다.

"아, 참 10반 담임이 박하 좀 불러 오라고 했는데."

"그래? 그럼 빨리 가서 알려 줘."

수지가 씩 웃었다.

"근데 나 지금 오디션 연습하러 가야 돼. 엄청 바빠."

"그래서?"

"미안한데, 니가 대신 좀 전해 줘라."

뭐어? 하고 혜영이는 얼빠진 목소리로 되물었다. 그러나 수지는 잽싸게 돌아서더니 저만치 달려갔다.

"쌩유!"

당했다. 이 여우 같은 계집애는 내가 박하를 보고 있었다는 걸 알아차린 것이다. 후다닥 뛰어가던 수지가 갑자기 멈춰 서더니 장난기 가득한 미소를 입에 걸고 말했다.

"빨리 가! 선생님이 부른 지 꽤 됐거든!"

그 말에 황급히 운동장을 쳐다보았다. 박하는 농구를 하고 있었다. 혜영이는 창틀 위에 올려 둔 공책을 품에 끌어안고 후다닥 운동장으로 내려갔다. 태양은 뜨거웠고, 곧 숨이 차올랐다. 점점 가까워지는 박하가 어쩐지 현실이 아닌 것처럼 느껴졌다.

"저기."

안 들리는 걸까. 코트 위의 남자애들은 위에서 내려다보던 것보다 더 바쁘게 움직였다.

"야!"

그 애는 오늘도 여전히 근사한 얼굴을 하고 있었고 즐거워 보였다. 박하는 3점슛을 성공시켰다. 남자애들이 박하를 끌어안으며 환호했다. 박하는 주먹을 높이 치켜들었다. 벽돌을 지고 모래 먼지를 뒤집어쓴 모습이 거짓말처럼 여겨지는 순간이었다. 피아노 악보집을 들고 있는 모습은 더더욱 거짓말 같았다. 어쩌면 음악실에서도, 공사장에서도 헛것을 본 게 아닐까.

"야, 박하!"

빽- 내지르는 소리에 드디어 박하가 돌아보았다. 그 애는 잠깐 이상한 표정을 짓더니 곧 "어?" 하고 얼빠진 소리를 냈다.

"너 그때 음악실에서 봤던 애 맞지?"

"니네 담임이 너 불러."

"날 왜?"

박하는 동그랗고 까만 눈을 살짝 찡그린 채로 지긋이 내려다보았다. 눈이 어쩜 이렇게 직설적일까. 전혀 비틀림이 없다.

다른 사람에게는 어떻게 보일지 모르지만 적어도 혜영이는 박하의 눈빛에서 그런 느낌을 받았다. 그리고 팔에서 힘이 빠졌다.

"그거야 나도 모르지."

"뭐, 어쨌든 고맙다."

"어? 어….''

혜영이는 얼빠진 소리를 내고는 돌아서서 급하게 뛰어갔다. 뒤에서 저를 부르는 소리가 들리는 것도 같았지만 모른 척했다. 혜영이는 복도 벽에 등을 기대고 숨을 몰아쉬었다. 심장이 쿵쿵 시끄럽게 뛰었다.

사실 묻고 싶었다. 악보집이 너랑 무슨 상관인지, 왜 위험한 공사장에서 일을 하는지…. 아니, 그냥 너라는 애가 어떤 애인지.

결국 하나도 물어보지 못했지만, 만일 물어보았다면 박하의 그 확고한 눈빛의 근원지를 알 수 있었을지도 모른다. 자신을 자극하는 그 또렷함이 어디서 비롯된 것인지 알 수 있었을지도 모른다.

뭐가 있기는 있는데…. 무슨. 그냥 기분 탓이야. 요즘 정신 못 차리고 있으니까.

혜영이는 고개를 마구 흔들었다. 그러나 박하의 얼굴은 사라지지 않았다.

박하가 발갛게 상기된 얼굴로 씩씩거리며 혜영이의 반을 찾은 건 며칠 뒤였다. 여자애들이 술렁인다 싶어 힐끔 뒤를 보다 뒷문에 박하가 얼쩡거리는 걸 발견한 혜영이는 저도 모르게 입을 쩍 벌렸다. 그런데 박하는 눈을 힘껏 부라리며 혜영이에게 손짓을 했다. 박하에게 불려 나간 혜영이는 우물거리는 그 애의 붉은 입술과 하얀 손에 들린 공책을 멍하니 쳐다보았다.

"아, 진짜 존재감 없네. 야, 너 찾으려고 얼마나 고생한 줄 아냐? 이름이라도 좀 써 놓던가."

그 애가 들고 있는 공책은 분명 혜영이 거였다. 누구에게도 들켜서는 안 될 이야기들이 뒤죽박죽 적혀 있는 글쓰기 공책.

"그걸 왜 니가 가지고 있어?"

"기억 안 나?"

"기억? 뭔 소리 하는 거야?"

박하는 공격적인 혜영이의 태도에 차갑게 대꾸했다.

"며칠 전에 우리 담임이 나 부른다고 알려 주러 온 건 기억 나냐? 나랑 내 친구들이 목이 터져라 너 불렀던 건 당연히 기억 안 나겠지."

그러고 보니, 야! 야! 하고 시끄럽게 질러 대던 소리가 들렸던 것도 같다. 쨍쨍 내리쬐는 뜨거운 햇볕 아래에서 마주쳤던 깊고 검은 눈 한

쌍과 스르르 힘이 풀려 버렸던 팔! 아, 그때 공책을 떨어뜨린 거다.

혜영이의 얼굴이 순식간에 빨개졌다. 분명한 자기 실수였다. 근데 이름도 모르는 애 공책을 찾아 주러 여기까지 온 녀석한테 무식하게 쏘아 대다니.

"어…."

"생각났냐?"

박하가 눈을 찌푸렸다. 혜영이는 그제야 조금 미안한 표정을 지어 보였다. 난감한 듯, 미안한 듯한 표정에 박하도 찡그린 얼굴을 풀었다.

"근데 너 글 쓰는 거 좋아하나 보다?"

가슴이 철렁했다. 혜영이는 눈을 부릅뜨고 박하를 올려다보았다.

"뭐?"

"뭐 이것저것 많이 썼던데?"

맙소사.

혜영이는 눈을 질끈 감았다. 창피했다. 처음으로 쓴 글을 엄마에게 보여 주고 그 자리에서 꿈을 짓밟힌 뒤로, 누구에게도 제 엉성한 글을 보여 준 적이 없었다. 혜영이는 간호사, 의사를 거쳐 약사로 살기로 오래전에 합의했다. 몰래 끼적였던 글은 그냥 자기만족으로, 취미생활로 끝나야 했다. 그게 당연했다. 누군가에게 보여 줄 생각 따위 추호도 없었다. 누가 글을 읽고 조금이라도 긍정적인 평가를 한다면, 점점 더 약사가 되는 게 싫어질 게 분명했다. 이런 중요한 시기에 안정된 미래를 포기하는 일 따위 하고 싶지 않았다. 혜영이의 꿈은 6학년 때 지워졌다. 이제는 부모님 말씀대로 편안한 미래를 받아들이는 게 현명하다는 걸 자신도 안다.

"누가 보래?"

"어?"

"내 거잖아. 누구 허락 맡고 봤냐고, 그걸!"

울먹이는 것 같기도 하고, 낮게 으르렁거리는 것 같기도 한 혜영이의 목소리에 박하가 움찔했다. 혜영이는 눈물이 가득한 눈을 뾰족하게 치떴다. 그제야 박하는 아차, 싶었다. 여자애들은 섬세한 생물이라고 누군가가 그랬다. 게다가 왠지 이 애는 처음 봤을 때부터 생각이 좀 복잡해 보였다. 교무실에서도 선생님한테 쓸데없는 일에 신경 쓰지 말라는 둥, 정신 똑바로 차리라는 둥 뭐 그런 소릴 듣지 않았던가. 아무래도 고3 여자애의 공책을 함부로 보면 안 되는 거였나 보다.

"아, 혹시 보면 안 되는 거였어?"

"뭐? 그걸 말이라고 해? 머리는 폼이냐? 누가 니 공책을 맘대로 보면 넌 좋겠어, 엉?"

마구 쏘아붙이는 혜영이의 태도에 박하는 어이가 없었다. 멋대로 본 거는 잘못이지만 주인 찾아 주겠다고 나선 사람한테 너무 막무가내다 싶었다. 이럴 줄 알았으면 공책이 떨어졌건 말건 그냥 모른 척할 걸 그랬다.

"아니, 뭐… 미안한데… 그럼 흘리질 말던가."

"뭐?"

누구든 공책을 주우면 열어 보는 게 당연한데 혜영이는 화가 났다. 누구한테도, 심지어 수지한테도 이 공책을 보여 준 적이 없다. 꼭 제 속을 발랑 까뒤집어서 보여 준 것 같았다. 얼굴도 잘 모르는 애한테 난 작가가 되고 싶다고 하소연한 것 같은 기분이었다.

"됐어. 더 짜증나게 하지 말고 공책이나 내놔."

박하도 기분이 나빴는지 입을 꾹 다물고 공책을 내밀었다. 공책을 빼앗듯이 낚아채고 혜영이는 휙 돌아섰다. 화가 나면서도 가슴이 싸하게 쓰렸다. 아니, 솔직히 말하면 뭐가 뭔지 잘 모르겠다. 평범하게 잘 굴러가던 일상은 음악제 공고문이 벽에 붙던 순간부터 어그러졌다. 수지가 낯설어지고 박하가 눈에 들어오기 시작한 다음부터 뭐가 뭔지 알 수 없게 되어 버렸다. 지끈지끈 머리까지 아파 왔다. 자리로 돌아가려는데 등 뒤에서 조금 누그러진 박하의 목소리가 자신을 붙잡았다.

"혜민이라는 여자애 나오는 이야기 말이야."

그만. 혜영이는 작게 중얼거렸다.

"혹시 음악제에 낼 거냐?"

혜영이는 침을 꼴깍 삼켰다. 아니라고 하려는데 입술이 떨어지질 않았다. 뭔가가 가슴께를 꽉 막고 있었다. '졸업하기 전에 꿈을 향해서 한 걸음이라도 떼는 게 맞는 것 같아' 하고 말하던 수지의 얼굴이 떠올랐다. 교무실에서 혼이 나던 박하의 모습도 겹쳤다. 공사장에서 벽돌을 지면서도 반짝였던 그 아이의 눈빛이 가슴을 턱 틀어막았다.

간신히 마른 입술을 떼려는데 박하가 한마디 더 덧붙였다.

"그거 제대로 쓰면 재미있겠더라."

위험, 위험. 머릿속에서 경보가 울렸다.

저도 모르게 휙 고개를 돌렸을 때 박하는 이미 복도를 휘적휘적 걸어

가고 있었다.

'음악제? 이 얘기를?'

하도 어이가 없어서 헛웃음이 나왔다. 그러나 혜영이의 얼굴은 잔뜩 굳어 있었다. 겁이라도 집어먹은 사람처럼. 위험한 장난을 하다가 들킨 아이처럼.

미쳐 버리겠다.

그런 말을 오물거렸던 것 같다. 혜영이는 지끈거리는 머리를 손으로 꾹꾹 누르며 은근슬쩍 교과서와 문제집을 책상 끝으로 밀었다. 혜민이의 이야기가 빼곡하게 적힌 노트가 모습을 드러냈다. 그걸 보자 숨통이 트이는 것도 같았다.

이 여름은 고3들에게 '마지막 기회의 시간'이라고 불렸다. 땀이 흐르고 쉰내가 코를 찌르는 이 불쾌한 시기에 온갖 유혹을 물리치고 끈덕지게 앉아 공부를 한다면, 수능 날 한두 등급쯤 높은 등급을 받을 수 있는 그런 시기. 하지만 혜영이는 공부에 집중할 수가 없었다. 공부를 하다 말고 펜을 들었다. 도대체 왜 음악제에 시나리오를 내고 싶은 건지 자신도 도무지 알 수가 없었지만 이 마음은 너무 자연스럽고 당연하게 한 구석에 자리를 잡았다. 기를 쓰고 안 하려고 발악을 해도, 정신을 차려 보면 어느새 펜을 잡고 있었다. 마치 마법처럼.

머리를 노랗게 물들인 혜민이는 생각보다 색이 잘 나와 기분이 좋았다. 그러나 며칠 전 꽃집에서 아르바이트를 하던 맹추 계집애가 떠올라 기분이 다시 급하락했다. 꽃이랑은 전혀 어울리지 않는 계집애였다. 열여덟에 꼭 서른 먹은 여자처럼 촌스러운 애였다. 그런 애가 플로리스트를 하겠다고 꽃집에서 알바를 하고 있는 꼬라지가 퍽 우스웠다. 근데 어쩐 일인지 시간이 지날수록 짜증이 났다. 머리색을 아무리 바꿔도 채울 수 없는 무언가를 그 애는 그 낡은 꽃집에서 발견한 것 같았다. 그게 혜민이를 참을 수 없이 분하게 만들었다.

그날 이후로 혜민이는 잘난 것 하나 없는 맹추, 소라가 신경 쓰인다.

1분만… 1분만… 하면서 줄거리를 쓰던 혜영이가 정신없이 움직이던 펜을 멈췄다. 소설만 쓰다가 시나리오를 쓰려니 줄거리가 영 장황해지는 게 마음에 걸려서이기도 했지만, 샛노랗게 염색한 머리에 짙은 화장을 한 혜민이가 남루한 여자애를 떠올리며 멍하니 서 있는 장면을 생각하자 가슴이 답답했다. 어떤 짓을 해도 채워지지 않는 텅 빈 가슴을 서서히 알아 가는 이 소녀가 가여웠다.

"김혜영, 이리 좀 나와 봐."

혜영이는 자신을 부르는 엄마의 목소리에 퍼뜩 고개를 들었다.

차분한 목소리만큼 혜영이의 엄마는 교양 있는 분이다. 나름 유능한 커리어 우먼이기도 했고, 어지간해서는 큰 소리를 내는 일이 없었다. 엄마는 뭔가 불만이 있거나 화가 나면 지금처럼 조용히 자신을 불렀다. 혜영이는 가슴이 싸해지는 걸 느끼며 가만히 공책을 덮어 가방에 넣었다. 방문을 열자 엄마와 아빠가 차가운 표정으로 소파에 앉아 있었다.
"너 요즘 무슨 고민 있어?"

먼저 질문을 던진 건 아빠였다. 혜영이를 불러낸 엄마는 가만히 커피만 마셨다. 혜영이는 차라리 이편이 낫다고 생각했다. 아빠는 엄마에 비하면 너그러우니까.

"아니."

"그럼 많이 피곤해?"

"아니. 나 괜찮은데요."

혜영이는 어색하게 웃었다. 부모님은 항상 (대개는 엄마 쪽이) 딸이 뭔가 갈피를 못 잡고 있다고 생각하면, 이렇게 먼저 나서서 어르고 달래려 하셨다. 아침에 눈 뜨면 학교에 가서 잘 시간이 돼서야 집에 오는데 어떻게 내가 한눈을 파는지 아는 걸까. 정말 무서운 분들이다.

"근데 야자는 왜 빠졌니?"

끼어든 건 엄마. 목소리에 날이 서 있었다.

"야자?"

"그래, 너 전에 빠졌던데? 선생님이 너 아프냐고 전화했었어."

일주일 전쯤, 깜빡거리는 스탠드가 신경 쓰여서 초저녁 무렵 도망치듯 학교를 나왔던 그때의 이야기를 하고 계신 것이다.

"아, 스탠드가 계속 깜빡거려서 집 앞 독서실에 갔었어요."

가지도 않은 독서실 이야기를 하는데 엄마의 표정이 한결 밝아졌다.

"뭐 다른 생각 하고 있는 건 아니지? 선생님이 걱정하시더라. 수업 중에 자꾸 낙서나 하고, 멍하게 있다고."

그게 벌써 엄마 귀에 들어갔구나.

머리가 지끈 아팠다. 일거수일투족이 엄마에게 보고되고 있다니. 기분이 확 나빠졌다.

"많이 힘든 건 알아. 이제 조금만 버티면 되잖아. 지금 다른 데 정신 팔면 안 돼. 약대 경쟁률 알잖아. 순옥이 아들이 음악 한다고 난리 치다가 결국은 공무원 준비하는 거 알지? 넌 그렇게 돌아갈 필요 없어. 엄마랑 약속하자. 한눈 안 팔고, 공부 열심히 하겠다고."

엄마는 미안한 듯이 미소를 짓고 있었다. 그러나 혜영이는 알고 있었다. 엄마가 전혀 미안해하지 않는다는 걸. 엄마 눈에 '다 너 잘되라고 하는 얘기야. 나중에 고맙다고 큰절하게 될걸?' 하고 말하는 기색이 역력했으니까.

"그래, 엄마 말 들어, 김혜영. 다 너 생각해서 하는 말이다."

가만히 보고만 있던 아버지가 거들었다. 오랜 세월 우리 가족을 먹여 살린, 그리고 앞으로도 그럴 예정인 아버지의 머리끝이 어느새 희끗해져 있었다. 죄책감이 조금 들었다.

"응. 약속할게요."

혜영이는 이제껏 그래 왔듯이 조용히 웃으며 말했다. 두 분은 그제야 안심했다는 얼굴을 하고 편히 웃었다. 그리고 날라리 여고생 혜민이가 파삭- 부서지는 소리가 들렸다.

그날 혜영이는 부서진 혜민이의 조각들을 주우러 다니는 무서운 꿈을 꿨다. 잠에서 깨어나 보니 혜영이의 가슴께가 온통 땀으로 젖어 있었다.

혜영이는 일어나 한참을 고민했다. 이렇게 포기할 수는 없다. 부모님이 강요하는 꿈이 아니라 내 꿈을 향해 한 발이라도 내딛고 싶다. 그 결과가 어떻든 간에. 혜영이는 마음을 먹었다. 일단 시나리오는 완성해 보는 걸로. 부모님께는 미안했지만 머뭇거릴 시간이 없다.

엄마의 삼엄한 감시를 피해, 아빠의 부담스러운 시선을 피해, 선생님들의 독수리 같은 눈빛을 피해 혜영이는 조금씩 혜민이의 이야기를 썼다. 처음엔 돌멩이만 했던 시나리오에 대한 욕심이 어느새 바윗덩어리만큼 커졌다. 그리고 그만큼 박하나 수지를 마주치는 게 이상하게 두려웠다.

[김혜영~ 이따 저녁 먹고 매점 가자. :D]

수지의 살가운 문자에도 혜영이는 한참 고민을 하다가 답장을 했다.

[미안. 그날이야. 움직이기 싫어 ㅜㅜ]

[ㅜㅜ 오키오키. 나중에 봐.]

거짓말까지 해 가며 친구를 피하는 자신이 싫었다. 하지만 수지와 박하의 자유로움은 혜영이의 마음을 사정없이 할퀴었다. 어쩌면 피하는 게 당연했다.

"바보 같아."

혼자 중얼거렸다. 그 말이 수지와 박하에게 던지는 말인지, 아니면 자기 자신에게 던지는 말인지 스스로도 알 수 없었다.

교과서 위에 얼굴을 대고 누웠다. 책상에는 벌써 후반부에 접어든 시나리오가 펼쳐져 있었다. 결국 며칠 동안 글을 쓰고야 말았다. 시나리오는 이제 곧 끝이 난다.

'이러다 약대 못 가면 어쩌지? 이러다 공무원 시험이나 준비하면서 고시원에서 썩는 거 아니야?'

쓸 때는 좋았지만 앞으로의 일을 생각하니 막막하고 겁이 났다. 혜영이는 불안한 생각을 떨쳐 버리려고 속으로 몇 번이나 '이게 마지막이야. 이것만 쓰고 안 쓸 거야' 하고 중얼거렸다. 그때 혁기가 소란을 피우며 교실로 뛰어 들어왔다.

"야, 야! 대박!"

반 아이들이 모두 혁기를 올려다보았다. 엎드려 있던 혜영이도 힐끔 쳐다보았다.

"지금 뮤지컬 피아노 반주 오디션 하고 있는데, 거기 박하 출현!"

"뭐?"

"대박! 걔가 피아노를 칠 줄 알아?"

여자아이들이 환호에 가까운 비명을 질렀다. 작은 일에도 호들갑을 떨어 대는 십대에게, 꽃미남의 이야기는 그게 무슨 내용이든지 흥미를 불러일으켰다. 물론 혜영이도 예외는 아니었다. 박하는 진짜로 피아노를 칠 줄 알았던 것이다.

혜영이는 언제 우울했냐는 듯 교실을 뛰쳐나갔다. 피아노 오디션이 열리고 있는 강당은 구경을 온 학생들로 북새통이었다. 넓은 무대 위에 검정색 피아노와 박하가 있었다. 강당 아래에는 유한민과 오디션을 보려고 기다리는 아이들이 앉아 있었다.

"참가번호 6번, 박하. 알고 있겠지만, 곡은 세 곡 중 하나를 고르면 돼. '쇼팽 에튀드 5번 op.10-5 흑건', '쇼팽 에튀드 10-12 혁명', '쇼팽 폴로

네이즈 5번 op.44.' 어느 곡으로 할래?"

유한민이 박하를 호명한 순간, 주변의 공기가 팽팽하게 당겨졌다. 박하는 손을 탈탈 털더니 툭 말했다.

"'흑건'이오."

유한민이 부드럽게 미소 지었다.

"흐음— 영화 때문인가? 1번부터 쭉 '흑건'이네. 다른 거 칠 줄 알면 다른 걸로 하지 그래?"

"아뇨, '흑건' 칠게요."

"앞에 했던 애들이 꽤 잘해서 불리할 수도 있어."

박하는 "글쎄요" 하고 심드렁하게 말했다. 혜영이는 피아노 의자를 드륵— 끄는 박하를 보면서 자기가 오디션을 보는 듯 긴장했다.

"어얼~ 쟤 진짜로 칠 건가 봐."

언제 왔는지, 수지가 혜영이의 귓가에서 중얼거렸다. 혜영이가 화들짝 놀랐다.

"뭘 그렇게 놀라시나? 공부랑 담 쌓은 왕자님이 웬일로 피아노를 치신다기에 나도 구경 차 행차하셨다. 생리통 있다더니 여긴 어쩐 일이셔?"

수지가 빈정거렸다. 혜영이는 그 말은 무시하고 재빠르게 물었다.

"어때? 잘 칠 것 같아?"

수지가 픽 웃었다.

"비주얼은 피아노랑 딱 맞는데, 잘 치는지 어떤지는 봐야 아는 거지."

그리고 그 순간, 아무 예고도 없이 쾅— 하고 연주가 시작됐다. 영화에서처럼 빠르고 경쾌한 음이 숨 쉴 새도 없이 좌르륵 펼쳐졌다. 하얗고 가느다란 손가락 끝에서 터져 나오는 멜로디는 그물에 잡힌 물고기처럼 통통 튀어 다니다가도 어느 순간 조용한 물길을 흘러 나가는 듯한 느낌을 주었다. 확실히 수지의 연주와는 달랐다.

혜영이는 '흑건'을 잘 모르지만, 수지의 연주는 악보를 스캔한 것 같다는 느낌을 주었다. 그래서 자기만의 색깔이 없다는 평가를 받기도 했지만 그냥 '똑같은' 정도가 아닌, '한 치의 오차도 없을 정도'로 악보에 충실한 연주는 사실 경이로운 것이었다. 콩쿠르에서는 그런 연주법이 더없는 환호와 찬사를 받았고, 수지는 늘 깔끔하게 대상을 거머쥐었다. 그런데 박하는 낯선 방법으로 건반을 두드리고 있었다. 원곡에서 크게 벗어나지는 않지만, 묘하게 달랐다. 정확히 어디가 어떻게 다르다고 할 수는 없지만, 지금까지의 흑건과 분명하게 다르다는 건 알 수 있었다. 그러니까 이건 쇼팽의 흑건이 아니라 박하의 흑건이었다.

가슴속이 일렁거렸다. 박하를 비추는 조명만큼이나 또렷하고 밝게 넘실거리는 무언가가 혜영이의 속을 휘저었다.

박하는 영화의 마지막을 장식하듯 잔뜩 과장된 동작으로 마지막 음을 마무리했다. 새하얀 손가락들이 건반에서 떨어지고 잔뜩 긴장한 얼굴이 희미하게 웃음을 지을 때, 아이들은 양손을 흔들며 환호했다.

"건방진 놈."

수지가 중얼거렸다.

"지 맘대로 쳐 놓고 잘난 척은. 하여튼 마음에 안 든다니까."

"뭐야, 질투해?"

혜영이의 말에 수지가 눈을 부릅떴다.

"질투는 무슨! 잘난 척하는 낯짝이 꼴 보기 싫어서 그러는 거지."

"난 잘 모르겠는데."

혜영이는 어깨를 으쓱해 보였다. 수지는 박하에게 뭔가 자극을 받은 것 같았다.

"모르면 됐고! 나 먼저 간다."

자기답지 않게 수지가 머리를 벅벅 긁으며 돌아섰다. 수지의 어깨에 힘이 잔뜩 들어가 있었다. 아무리 뭐라 해도 지 엄마를 쏙 빼닮은 승부욕은 어쩔 수 없는 거다.

다시 무대 쪽으로 눈을 돌렸을 때 박하는 빙긋이 웃는 낯으로 무대에서 내려오고 있었다.

참가번호 6번. 하얀 얼굴에 여유로운 미소를 슬며시 띠고 '흑건'을 친 그 아이는 어제 모두의 예상을 빗나갔다. 유한민도 그 애가 건반을 두드리기 전까지 전혀 몰랐으니까.

'제대로 한 방 먹었어. 수업도 제대로 안 듣는 놈이 피아노만큼은 예외였단 말이지?'

그런 재능을 어떻게 여태 숨기고 있었을까.

유한민은 오디션 채점표를 잠시 덮어 놓고 눈을 감았다. 어제 오디션의 최대 이변이었던 박하는 자꾸만 과거의 일을 떠올리게 만들었다. 유한민은 그게 난감했다.

'묘하게 아론을 생각나게 한단 말이야.'

머릿속 이 한 문장은 아론의 이름이 박혀 있는 과거의 곳곳으로 유한민을 데려다 놓았다.

줄리어드 음대는 음악 천재와 괴짜들의 집합지였다. 그 모든 학생들 중에서도 아론은 가장 눈에 띄었다. 그는 피아노를 다룰 줄 알았다. 때론 우스꽝스럽고 때론 놀랍도록 화려했지만 어쨌든 아론의 연주는 항상 즐거운 노래가 되어 끝을 맺었다. 그러나 그런 연주 방식은 콩쿠르에서 환영받지 못했다. 그는 어떤 곡을 치더라도 항상 '제 식'으로 바꿔 연주를 했다. 그의 연주는 어디로 튈 줄 모르는 시한폭탄 같았다. 그런 아론의 연주를 두고 동기들은 "멋있고 재밌지만 쓸데는 없는 연주"라고 떠들어 댔다. 나도 같은 생각이었다. 아론이 동네에서 피아노 학원이나 차려서 근근이 먹고 살 거라고 생각했다.

'완벽한 피아노'를 추구하는 내게 아론은 거슬리는 존재였다. 아니, 어쩌면 자꾸만 지쳐 가는 나에 비해 나날이 즐겁게 피아노를 치는 모습이 싫었던 건지도 모른다. 자국으로부터의 기대, 묘한 압박감, 실수에 대한 불안감 때문에 왜 피아노를 시작했는지조차 기억이 나지 않았을 때, 아론은 찬란하게 웃고 있었다. 아마, 그게 나를 상처 입혔을지도 모른다.

그래. 솔직히 나는 그가 싫었다.

후일, 내가 마약에 손을 댄 사실이 발각됐을 때까지도 난 아론을 변변치 못한 놈이라고 생각했다. 아니, 그렇게 생각하고 싶었다. 그로부터 7년 후, 한음고등학교에 어렵사리 특별활동 교사로 들어가게 되었을 때까지도. 그러나 항상 인생이란 예측불허. 나는 몇 년 전 걸려 온 전화를 통해 다시 한 번 그 사실을 뼈저리게 느꼈다.

발신자는 줄리어드에서 같이 공부했던 중국인이었다. 한국말 배우고 싶다고 날 엄청 따라다녔었다. 지금은 한국 여자와 결혼해 산다고 했다.

"헤이, 유. 잘 지내? 혹시 그때 학교에서 쫓겨난 일로 아직까지 골골대는 건 아니겠지? 근데 너 그 자식 기억나? 한 곡으로 수십 개 레퍼토리 만들었던 미친 놈, 아론 있잖아. 걔 뉴욕 필하모닉 부지휘자 됐단다. 몇 년 있으면 수석 달겠지. 그렇게 되면 아마 최연소일걸? 하여튼 인생 모르는 거라니까. 어이, 유! 듣고 있냐?"

괴짜. 쓸모없는 연주만 하는 놈. 지 맘대로 악보를 바꿔 놓는 오만한 연주자! 오랜만에 전화를 건 친구는 바로 그 아론이 뉴욕 필하모닉에서 2인자가 됐다는 얘기를 하고 있었다.

나는 전화를 끊고 한참을 멍하게 있었다. 엄청난 패배감과 좌절감이 몰려들어 아무것도 할 수가 없었다. 마약을 들켰을 때 이미 피아니스트로서의 명예는 재처럼 부서졌다고 생각했는데, 더 부서질 게 남았던 모양이다.

굳이 아론의 소식이 없었더라도 난 충분히 괴로운 사람이었다. 마약을 한 사실이 발각되고 한국은 날 버렸다. 세상이 날 잊을 때까지 아무것도 할 수 없었다. 참 오랫동안 공허했고, 무기력했다. 그리고 완전히 돌아 버릴 것 같다고 생각할 무렵, 어머니의 친구로부터 고등학교 클럽활동 교사 자리를 제의받았다. 보수는 형편없었고, 채용 시에는 학교 발전기금을 내야 한다는 추가 사항이 붙어 있었다. 하려면 할 수 있는 일들은 많았다. 피아노 학원을 차릴 수도 있었고, 작은 합창단을 지휘할 수 있는 기회도 있었다. 하지만 그런 건 내 절망을 대신하기에는 뭔가 부족했다. 교사라는 단어가 내 마음을 건드렸다. 내가 건너왔던 꿈 같았던 시간들을 이제 건너고 있는 아이들에게 뭔가를 가르쳐 줄 수 있는 기회라는 생각에 마음이 뛰기 시작했다. 정말 오랜만에 뭔가를 하고 싶다는 생각이 들었다.

　한음고등학교에 클럽활동 교사로 발을 들일 때에는 마약을 했던 사람이 교사를 한다는 것 때문에 반발이 엄청났다. 시간이 많이 지났지만 아직까지도 그때의 비참했던 기분은 생생하다. 그런데 간신히 학교에 적응하려던 차에 그 전화가 걸려 온 것이다. 아론의 소식을 전하는 그 불쾌한 전화가.

　그 소식을 잊기까지 또 몇 년이 걸렸다. 아론의 기억은 차츰 지워졌다. 아이들을 가르치는 일은 즐거웠고, 살아가는 이유가 되었다. 그런데 영화의 반전처럼 한 남학생의 연주가 나를 흔들었다. 새하얀 얼굴에 싱그러운 미소를 머금은 그 아이는 언젠가 음악실에서 스치듯이 본 적이 있었다. 얼핏 그 애의 '특별함'을 느꼈던 것 같기도 하다. 하지만 거기까지였다. 그런데 그 애는 저조차도 주체 못 할 즐거움으로 피아노 건반을 두드렸다. 리드미컬한 손가락의 움직임 밑에서 터져 나온 소리는 '흑건'이었지만, 분명 달랐다. 대놓고 편곡을 하지 않으면서도 교묘하게 제가 치고 싶은 대로 손끝을 내뻗는다. 그게 꼭 아론과 닮아 있었다.

"어머, 한민 쌤도 고민이 많으신가 보네~."
　노처녀 선생이 유한민을 생각의 늪에서 구해 냈다. 그녀는 나긋나긋한 손길로 유한민의 어깨에 손을 올렸다.
"요즘 음악제 때문에 신경이 많이 쓰여서요."
"그럴 만도 하죠. 고등학교 음악제에 별별 사람들이 다 온다니까요."

유한민은 쓰게 웃었다. 박하에게 눈길을 빼앗겨, 잠시 그 사실을 잊고 있었다. 이번 음악제에서 평가받는 것은 학생들뿐만이 아니다. 이왕 이렇게 된 거 본인이 두 팔 걷고 나선 마지막 무대만큼은 멋지게 만들어야 했다. 무대에 서는 아이들에게는 더없이 소중한 기회가 될 터였고, 자신에게는 '신세를 망친 음악가'라는 오명에 '아이들의 재능을 망쳐버린 음악가'라는 오명까지 뒤집어쓸 수도 있는 위험한 일이 될지도 모르지만.

유한민은 책상 위의 종이를 뚫어질듯이 응시했다. 피아노 오디션 채점표였다. 오디션을 보러 왔던 17명 중에서도 박하는 뛰어났다. 피아노를 제대로 배우지 않아 겉멋만 잔뜩 들어간 폼이었지만 그 애의 연주는 매력적이었다. 재능이라고밖엔 설명할 길이 없었다.

'이 애를 어찌한다⋯.'

사실 뮤지컬 반주는 개성이나 대단한 실력이 필요한 건 아니다. 정석대로, 악보대로 치는 법을 알고 있는, 그러니까 무난하게 칠 수 있는 아이가 하는 게 별 무리가 없다. 그래서 굳이 박하를 뽑지 않아도 된다. 오히려 자기 개성을 앞세우다가 배우들과 호흡이 안 맞아 밸런스가 깨질 확률이 높다. 그래서 박하를 떨어뜨렸으면 좋겠는데 유한민은 그 결정 앞에서 갈등하고 있다. 박하가 피아노를 칠 때의 에너지가 참 좋았다. 사람을 빨아들이는 그 무언가가 있었다. 다른 아이들에게서는 발견할 수 없었던 피아노에 대한 애정이 느껴졌다.

한편으로는 오래전 잃어버린 열정의 어느 한구석이 박하의 그 마음과 닮아 있을지도 모른다는 생각도 들었다. 어쨌건 박하는 합격을 시키기에도, 떨어뜨리기에도 뭔가 찜찜한 구석이 있었다. 유한민의 입에서 한숨이 푹 새어 나왔다.

이번은 박하 한 명으로 끝나지 않았다. 이번엔 최수지가 문제였다. 피아노 오디션에 참가하지 않아서 의문을 불러일으켰던 최수지가 오늘 점심시간에 있었던 배우 오디션에서 모습을 드러냈던 것이다.

혜영이는 오디션 직전에 자신을 만나러 왔던 수지의 모습이 떠올랐다. 수지는 제대로 걷지를 못했다. 체육복 바지를 걷어 올리니 종아리 구석구석에 피멍이 들어 있었다.

"너…."

혜영이는 차마 말을 잇지 못했다.

"야, 이러다 울겠다."

"수, 수지야. 너 이게 무슨 일이야?"

"딱 보면 모르겠냐? 울 백 여사랑 드디어 한판 했어. 콩쿠르도 엎었는데 피아노 오디션 안 본 것까지 다 들통 난 거지. 엄마들 사이에 소문 제대로 퍼졌나 보더라고. 아, 등짝이야. 손만 안 건드렸지 안 맞은 데가 없다, 정말."

백 여사 무서운 건 진작에 알고 있었지만, 다 큰 애를 이렇게까지 때릴 줄이야.

"양호실 가서 약이라도 바르자."

"됐어. 한 시간만 있으면 오디션이야. 이렇게 된 거, 꼭 합격할 거야."
최수지가 이를 바득바득 갈았다.
그리고 오디션이 끝나기 무섭게 여기저기서 최수지의 이름이 오르내렸다.
"걔 미친 거 아니야? 웬 배우 오디션?"
"요즘 우리 학교 애들 왜 이런다냐. 박하도 감당이 안 되는데 최수지까지?"
"냅둬라. 박하야 그렇다 치고, 최수지는 자기 무덤 파는 거야. 나중에 대학에 똑 떨어져 봐야 정신을 차리지."
혜영이는 아이들을 힐끔 노려보았다. 한마디 쏘아붙이고 싶었지만 소심한 성격에 차마 그러지 못했다. 사실 자기도 수지한테 질투도 하고 영 못마땅했으니까.
"근데 걔 노래 좀 되더라. 피아노만 붙들고 늘어지는 줄 알았더니."
"잘하는 거, 좋아하는 게 뭐가 중요하냐. 대학 마크가 중요하지. 넌 한국에서 학교를 12년째 다니면서도 모르냐."
이토록 무거운 대화를 하면서 여자애들은 까르르 웃었다. 저 애들이 저렇게 웃을 수 있는 건 딱히 좋아하는 일이 없기 때문일 거라고 혜영이는 생각했다. 자기가 간절히 바라는 그 일이 아닌 전혀 다른 일을 하면서 살아야 한다는 두려움, 아쉬움, 괴로움이 저 애들에겐 없는 것이다. 혜영이는 그 애들이 조금은 부러웠다.
"하고 싶은 거 하면서 살려면 그만큼 각오를 해야지. 최수지도 다 각오하고 하는 거겠지. 아니면 걔 진짜 정신머리 없는 거고."

그 말이 혜영이의 가슴을 파고들었다. 각오라, 각오. 최수지는 어떤 각오로 배우를 하겠다는 걸까. 박하는 무슨 마음으로 악보집을 훔쳤을까. 그리고 난 무슨 생각으로 글을 끼적이고 있는 걸까. 혜영이는 머릿속이 또다시 복잡해졌다.

그날 야자가 끝나고 혜영이는 오랜만에 수지와 함께 집으로 향했다. 며칠 동안 슬슬 피해 다녔는데도, 최수지는 아무 추궁도 않고 말을 걸었다.

"오늘 담임이 나 교무실로 불러서 뭐래는지 알아? 왕 진지하게 '수지야, 너 고3이잖아' 이러는 거 있지."

수지는 제 담임의 목소리를 흉내 내며 인상을 찌푸렸다.

"누가 나 고3인 거 모른대? 내 인생에 왜 지들이 감 놔라 배 놔라야!"

"장래 유망한 음악 소녀가 갑자기 배우를 하겠다고 설치는데 좋아할 선생님이 어디에 있겠냐? 거기다 고3이 음악제 나간다고 연기 연습이나 하고 있는 게 말이 되냐?"

혜영이의 말에 수지는 눈을 흘겼다.

"아예 선생을 해라."

"엄마한테 배우 오디션 얘기는 안 했지?"

"그 얘긴 차마 못 하겠더라."

"그래도 곧 알게 되실 텐데."

백 여사가 이 사태를 알게 된다면…. 그건 그야말로 대재앙이다. 그러나 수지는 대수롭지 않다는 듯이 대꾸했다.

"집에서 쫓겨나는 거지 뭐."

"미쳤어?"

"우리 엄마 잘 알잖아. 그 아줌마가 나한테 얼마나 공을 들였는데. 그냥 쫓겨나기만 하면 다행이지."

버스가 왔다. 수지는 지갑을 꺼내 들며 말했다.

"그러니까 나 쫓겨나면 니가 좀 재워 줘."

혜영이가 "너 진짜 미쳤지!" 하고 소리를 지르는 와중에, 수지는 버스에 올랐다. 떠나는 버스 뒷모습을 보며 혜영이는 한숨을 쉬었다. 공부고 뭐고 신경도 안 쓰고 연기에 올인하는 수지가 걱정스럽기도 했고, 부럽기도 했다.

그런 마음을 알 턱이 없는 혜영이의 엄마는 딸의 가방을 들어 주며 자상하게 말을 건넸다.

"오늘 공부 열심히 했어? 좀 더 하다 잘 거지?"

가방 안에 든 클림트 공책이 떠올랐다. 가슴께가 묵직해졌다.

"응. 가방 이리 줘."

"시리얼이라도 타다 줄까?"

"살 쪄."

엄마는 유난히 피곤하게 들리는 딸의 목소리가 다 공부 때문이라고 생각하는지 안쓰러운 듯 혜영이의 등을 토닥였다.

"이번 주말에 엄마랑 외식할래?"

혜영이는 멀뚱히 엄마를 쳐다보았다. 소파에 앉아 있던 아빠가 그렇게 하라며 고개를 끄덕였다. 미리 짜기라도 한 듯 어색한 장면이었다.

"외식?"

고3의 주말에 외식이라.

"우리 딸 공부하느라 고생하는데 그 정도는 해 줘야지."

대답을 한 건 아빠였다. 하나뿐인 외동딸을 격하게 아끼는 분이다. 분명히 혜영이가 오기 전에 엄마에게 둘이 외식이라도 좀 다녀오라며 돈을 건넸을 것이다.

혜영이는 말없이 고개를 끄덕이며 방으로 들어갔다. 문이 닫힌 걸 확인하고 슬그머니 가방을 여는 혜영이의 손길이 조심스러웠다. 가방 안에서 공책을 꺼냈다. 간절한 마음으로 글을 써 내려갔던 바로 그 공책. 시나리오는 완성했다. 그러니 이제 이 공책과도 작별을 해야 한다. 더 이상 글은 안 된다. 난 박하도 아니고 최수지도 아니다. 그 애들처럼 살 수 없다.

혜영이가 무거운 마음으로 공책을 다시 가방에 넣을 때였다. 엄마가 기어코 시리얼을 타다 날랐다. 막 문제집을 펴는 혜영이의 등을 엄마는 가만히 토닥였다. 등으로 퍼지는 따뜻한 온기에 눈물이 날 것 같았다. 그리고 동시에 짜증이 올라왔다. 언제까지나 말 잘 듣는 착한 외동딸로 살 수 있을 거라 생각했는데, 그건 그냥 코스프레였나 보다. 이렇게 힘든 걸 보면.

어쨌건 너절한 구상에 아직 정리가 덜 된 시나리오였지만 이 이야기는 마침표를 찍는다. 잠시 꼭 나사 하나 빠진 애처럼 고집을 부렸었다. 그러나 이 이상은 안 된다는 걸 혜영이는 알고 있었다. 이 시나리오를 완성한 것. 그걸로 만족하는 것이 옳았다.

'여기까지 했음 된 거야. 더 이상 고집 피우면 안 돼.'

자꾸 흔들리는 마음을 다잡기라도 하듯, 혜영이는 속으로 중얼거렸다. 이것으로 나는 엄마와 아빠를 배반하지 않는다.

다음 날, 여느 때보다도 심란한 아침이 밝았다. 외출 준비를 하면서도 가방이 눈에 밟혔다. 꼭 제 자식을 버리는 것처럼 가슴이 아팠다.

"딸, 다 됐어?"

"나가요."

엄마의 재촉에 서둘러 가방을 둘러멨다. 엄마는 오랜만의 외식에 들떠 보였다. 반면에 혜영이는 풀이 죽어 있었다. 오늘 이 만찬이 끝나면 공책을 버릴 생각이니까.

"왜 이렇게 깨작거려? 그러다 본전 뽑겠어?"

엄마의 나무람에 음식을 뒤적거리는 손이 빨라진다. 혜영이는 엄마가 제 기분을 알아채기 전에 빨리 분위기를 바꿔야겠다고 생각했다.

"엄마, 이번 음악제에 대학 교수님들이랑 지역신문 기자도 온대."

"아, 참 음악제 얘기하니까 생각난 게 있는데."

엄마가 갑자기 진지한 눈을 했다. 혜영이는 침을 꼴깍 삼켰다. 아, 이런. 뭔가 잘못 건드린 게 틀림없다.

"수지 말이야."

"응?"

어째서 안 좋은 느낌은 항상 들어맞는 걸까.

"걔 요즘 뭐 하고 다니니?"

"뭐 하고 다니긴, 공부하겠지. 고3인데."

"그게 아닌가 보던데?"

"무슨 말을 들었는데?"

"걔 음악제 오디션 봤다며. 아니 무슨 고3이 음악제야? 걔 대학 안 간다니? 피아노 오디션도 아니고 배우 오디션 봤다면서."

혜영이 엄마가 알고 있는 소식이라면 수지 엄마한테도 들어갔을 가능성이 높다.

혜영이는 태연히 "에이, 아니야. 내가 들은 게 없는데, 뭐" 하고 얼버무렸다. 그러나 엄마는 집요하게 캐물었다. 그럴 리가 없다, 민재네 엄마가 민재한테서 분명히 들었다더라, 세상이 얼굴만 예쁘다고 다 되는 게 아닌데 지 얼굴만 믿고 엉뚱한 짓 하는 거다 등등. 엄마는 수지를 도마에 올려 놓고 온갖 훈수를 다 뒀다. 수지에겐 미안하지만 얼추 맞장구를 치며 슬슬 넘어가던 혜영이는 결국 짜증을 내며 포크를 내려놓았다. 그제야 엄마는 민망한 듯이 웃었다.

"하긴, 걔가 그러든 말든 무슨 상관이야. 엄마는 너만 안 그러면 돼. 내가 순옥이 아들 얘기 했지? 음악 공부하다가 공무원 준비한다는 애…."

혜영이는 일그러진 웃음을 지었다. 먹은 게 딱 얹힌 느낌이었다. 계산을 하는 엄마를 뒤로하고 먼저 건물을 나와 집으로 향했다. 늘 그랬지만 오늘 특히 엄마는 평생 단 한 번도 하고 싶은 일이 없었던 사람 같았다. 그런 엄마가 수지나 자신을 어떻게 이해할 수 있을까.

혜영이는 가방에서 공책을 꺼냈다. 한계까지 부풀어 오른 풍선처럼 빵빵하게 늘어난 감정이 버거웠다. 그냥 다 내려놓고 싶어 혜영이는 공책을 아무렇게나 던져 버렸다. 공책은, 그녀의 분한 감정과는 달리 단정한 모양새로 날아가 먼지가 자욱한 바닥에 툭- 떨어졌다. 풀풀 날리는 모래에 더럽혀진 공책 표지가 혜영이의 마음을 아프게 했다. 그때 새까맣게 때가 탄 목장갑을 낀 손이 공책을 집어 올렸다.

"뭐 하냐?"

목소리가 낯설지 않았다. 혜영이는 조심스럽게 고개를 들었다.

"어…."

새카만 머리통 위에 눌러 쓴 노란 헬멧. 평소의 새하얗고 깔끔한 얼굴이 아닌, 땟물이 똑똑 떨어지는 더러운 얼굴.

혜영이는 요전에도 봤던 공사장 일꾼 박하의 모습을 떠올리며 안 떨어지는 입을 간신히 열었다.

"여기서 뭐 해?"

박하는 찌는 듯한 더위에 코끝을 살짝 찡그리며 아무렇지도 않은 투로 대답했다.

"일하지."

"무슨 일?"

"보면 모르냐? 노가다."

"돈이 급해?"

박하는 조금 멈칫하는 듯했다. 혜영이는 그제야 자신이 너무 개념 없고, 바보같이 굴었다는 사실을 깨달았다. 그러나 혜영이가 얼버무릴 사이도 없이 박하가 대답했다.

"원래 돈은 늘 급한 거야."

언제부터인가 엄마가 누누이 강조했던 '악의 구렁텅이' 이야기가 떠올랐다. 돈은 코딱지만큼 주면서 온갖 고생스러운 일은 다 시키는 '악의 구렁텅이.' 행복한 미래는 찾아볼 수 없는 곳. 이런 상황에 놓이지 않기 위해서 꼭 의사, 간호사, 약사 중 하나가 되어야 한다는 엄마의 지극한 충고들.

"뭐, 하고 싶은 게 있으니까 이 정도는 참아 줘야지."

'하고 싶은 거? 그게 뭔데? 피아노? 웃기지 마. 아무리 피아노를 잘 쳐도 이런 데서는 쥐꼬리만 한 기회도 못 만나. 좋은 대학 가서, 그래서….'

혜영이는 생각 끝에 짜증이 치솟아 시선을 돌렸다. 박하는 턱을 타고 흐르는 땀을 닦으며 혜영이에게 공책을 툭 밀었다.

"마흔이나 쉰 정도 되면 피아니스트, 될 수 있지 않겠냐?"

혜영이는 공책을 다시 박하 쪽으로 밀었다.

"아니, 그러다가는 평생 가도 힘들걸? 부모님이 빵빵하게 밀어 주는 실력 좋은 애들이 깔렸으니까."

"상관없어. 난 그냥 피아노가 좋아서 하는 거니까."

박하가 빙긋이 웃었다. 순간 말문이 턱 막혔다. 곧고 강직한 눈이 불편했다. 난 한 걸음 내딛기도 불안한데, 얘는 너무나 쉽게 자기가 하고 싶은 일을 말한다. 꼭 자신이 바보 멍청이가 된 것 같았다.

"혜영아! 거기서 뭐 하니!"

날이 선 엄마의 목소리가 귓전을 울렸다. 박하가 눈을 동그랗게 떴다.

"너희 어머니야?"

"응."

엄마가 한 걸음, 한 걸음 다가올수록 혜영이는 부끄러워졌다. 그녀의 눈에 담긴 경악과 탄식이 뭘 의미하는지 너무 잘 알고 있었기 때문이다. 혜영이는 서둘러 엄마에게 달려갔다. 아는 애냐고 묻는 엄마에게 혜영이는 아무 대답도 하지 않았다.

클림트 공책이 떠오른 건 그날 저녁이었다. 버리기로 작정했던 그 공책이 박하한테 있었다.

박하가 제발 그 공책에 신경을 꺼 주기를 바랐지만 사실 자신은 없었다. 혜영이는 차라리 도로 가져오기라도 하라고 중얼거렸다.

교실 에어컨이 또 고장 났다. 더위는 득달같이 달려들어 아이들의 진을 다 빼놓았다. 찜질방이 따로 없었다. 뜨거운 교실에서 한참을 끙끙거리던 혜영이는 점심시간이 되자 밥을 서둘러 먹고 수지와 함께 운동장 나무그늘 아래에서 문제집을 펼쳤다. 학교에서 가장 큰 나무의 그늘은 제법 시원했다.

"거 봐, 시원하지?"

혜영이 때문에 허겁지겁 밥을 먹고 나온 수지는 뚱한 표정을 지었다.

"야, 근데 아무리 생각해도 여긴 좀 아니다."

"왜? 시원하고 좋잖아."

"저 오빠부대를 보고도 그런 말이 나와?"

수지가 말하는 '오빠부대'는 반경 10미터 근처에서 꺅꺅 소리를 질러대는 2학년들이었다. 농구 코트 주변에서 왕자님, 박하를 응원하고 있었다. 피아노 오디션 이후로 박하는 저런 오빠부대를 몰고 다녔다.

"헐, 지가 아이돌이야 뭐야."

수지는 그러면서 은근슬쩍 혜영이를 흘겼다. 전에 혜영이가 창문 너머로 박하를 열심히 쳐다보던 일이 기억났던 것이다. 그러나 혜영이는 별 동요 없이 눈으로 박하를 좇았다. 박하는 공책을 다시 돌려주러 찾아왔어야 했다. (자기가 대신 버려 주지 않았다면 말이다.) 전에는 공책을 돌려주려고 온 학교를 휘젓고 다니질 않았던가. 그런데 이번에는 그럴 생각이 없나 보다. 어차피 버리기로 결심했으니 문제 될 건 없었지만 혜영이는 자꾸 신경이 쓰였다. 혜영이의 마음을 알 리 없는 박하는 태연하기 그지없는 얼굴로 농구공을 쫓아다니기에 바빴다.

그날 농구 게임은 박하 팀이 아슬아슬하게 이겼다. 박하는 해사하게 웃으며 친구들과 승리를 자축했다. 오빠부대가 꺅꺅 환호성을 질렀다.

"뭘 그렇게 봐?"

좀 모른 척해 줬으면 좋겠는데, 수지는 그럴 마음이 없는 것 같았다.

"어? 아니 그냥…."

"흐응~ 그래?"

수지는 의미심장한 미소를 지으며 혜영이의 등을 퍽 때렸다.

"가자! 언니가 아이스크림 사 줄게! 제일 비싼 걸로!"

둘은 팔짱을 끼고 매점으로 달려갔다. 교실로 돌아오는 두 여학생의 손에는 매점에서 가장 비싼 튜브형 아이스크림이 들려 있었다. 에어컨도 안 나오는 뜨거운 여름 교실에서 아이스크림은 대단한 위로를 주었다. 혜영이는 공책은 아무래도 좋다고 생각했다. 사실 그 애가 다시 공책을 들고 와도 난감한 일이니, 차라리 이편이 나았다.

점심시간이 끝나기 직전, 갑자기 스피커가 지직거리더니 유한민의 목소리가 흘러나왔다.

[아아— 학생 여러분, 잘 들어 주십시오. 음악제 뮤지컬에 참여할 학생들의 명단을 발표하겠습니다.]

"드디어!"

"오! 대박! 벌써 발표야?"

교실이 소란스러워졌다. 점심시간에도 인상을 찌푸린 채 공부에 몰두하던 아이들이 잠시 펜을 놓고, 스피커를 쳐다보았다.

[무대 연출 1학년 김세민, 이하연. 드럼 3학년 최우형, 베이스 1학년 공민경, 강민형…]

"역시 1학년들이 줄줄이 나오는구나."

"어쩔 수 없지. 걔네들이 제일 시간이 많으니까."

가슴을 얇게 저미는 씁쓸함이 올라왔다. 혜영이의 눈썹이 꿈틀댔다. 머리는 자신의 선택이 옳다고 주장했지만 마음은 고통스러웠다.

[배우는 좀 깁니다.]

아이들이 하하— 하고 소소한 웃음을 터뜨렸다. 그런데 교실 안에는 살짝 긴장감이 돌았다. 배우 부문에는 3학년생들도 참가했기 때문이다. 혜영이도 긴장을 하고 스피커를 노려봤다. 수지 때문이다. 물론 혜영이는 수지의 합격을 바랐다. 하지만 사실 마음은 복잡했다. 이후에 수지에게 벌어질 일들이 불 보듯 뻔하게 그려졌기 때문이다.

[우선 1학년에 민선경, 박정호, 2학년에 최아름, 이우주, 3학년에 김루시아, 최수지. 역할은 추후 다시 공지하겠습니다.]

"꺅!" 혜영이는 짧은 탄성을 질렀다. 옆 반에서도 "꺄악!!" 하는 소리가 들렸다. 수지의 환호성이었다. 피아노 콩쿠르에서 대상을 거머쥐었을 때도 오버하지 않았던 수지다. 고작 교내 음악제에 뽑힌 것인데 수지는 저토록 기뻐하고 있는 것이다. 질투가 조금도 안 나는 것은 아니었지만, 어쨌든 혜영이도 뿌듯했다.

[피아노, 피아노 연주자는…]

잠시 뜸을 들이는 듯, 목소리가 떨렸다. 방송을 듣는 아이들까지도 덩달아 긴장한 표정이었다. 배우 오디션과 마찬가지로 유독 3학년 참가자가 많았던 게 피아노 부문이었고, 이번도 많았던 오디션이다.

[3학년 박하.]

혜영이는 숨을 헉- 들이켰다. 흙먼지 날리는 공사장에서 당당하게 제 꿈을 이야기하던 남자애의 모습이 수지의 당찬 얼굴과 오버랩 되면서 부러움이 치솟았다. 마흔 살, 쉰 살쯤 되면 피아니스트가 될 수 있지 않을까? 하고 가늠하는 그 애에게 혜영이는 차가운 말을 내뱉었다. 그러나 어쨌든 그 애는 스스로 낡고 비틀린 좁은 길 하나를 만들어 냈다.

혜영이는 추운 겨울날 물에 푹 젖은 것 같은 기분이 들었다. 힐끔 보니 현진이는 떨리는 표정으로 스피커를 쳐다보고 있었다.

[마지막으로, 시나리오 부문을 발표하겠습니다.]

현진이는 이걸 기대하고 있었던 거다. 현진이의 눈에 번쩍 불꽃이 튀었다. 혜영이는 덩달아 몸을 움찔거리며 의자에서 반쯤 일어났다.

[불량 여고생의 성장통을 그린 '너와 나, 우리의 시간'을 무대에 올리기로 했습니다. 3학년 김혜영 양 작품이네요. 오디션에 참가한 학생 여

러분, 고맙고 수고하셨습니다.]

현진이는 혜영이를 보며 눈을 커다랗게 뜨더니, 이내 아쉬운 듯 쓰게 웃었다. 그리고 혜영이는 석상이라도 된 듯 그 자리에서 굳어 버렸다. 낸 적이 없는 시나리오가 그럴싸한 제목까지 붙어서 당선이 됐다. 버리려고 그렇게나 애를 썼는데, 끝내는 다시 돌아왔다. 멀리 밀어내도 어느샌가 휘리릭 돌아와 손에 찰싹 붙어 버리는 요요처럼.

"어? 혜영아, 어디 가? 수업 시작해!"

현진이가 다급하게 말했다.

혜영이는 자리를 박차고 일어났다. 엉엉 울고 싶었다. 그리고 박하를 찾아야겠다는 생각이 들었다. 그 애에게 따져 물을 게 있었다.

혜영이는 무작정 음악실로 올라갔다. 박하가 거기 있을 것 같았다. 굳게 닫힌 문 너머로 피아노 소리가 희미하게 흘러나왔다. 박하다.

"여기서 뭐 하는 거야? 조금 있으면 수업 시작하는 거 몰라?"

문을 쾅- 열고 들어가 따지듯이 물었다. 박하는 떨떠름한 표정으로 건반에서 손을 뗐다.

"알아. 그래서 뭐."

"장난해? 너 피아니스트 되겠다며."

"수업 좀 안 듣는다고 피아니스트 못 되냐?"

당연하다는 듯한 반문에 혜영이는 기가 막혔다. 박하는 화가 난 표정으로 입을 우물거리고 있는 혜영이의 눈을 빤히 쳐다보았다.

"바보야. 대학을 가야지, 대학을…."

박하는 하하- 하고 작게 웃음을 터뜨렸다.

"대학은 상황이 되는 애들이나 가는 거지. 난 그럴 돈도 없고, 시간도 없어."

혜영이는 박하가 찌질한 패배주의자처럼 느껴졌다.

"차가운 단칸방에서 배 곯고 아파 봐야 왜 사람들이 대학, 대학 하는지 알 거야, 넌."

저도 모르게 튀어나오는 공격적인 말을 자제할 수가 없었다. 그 말은 날카롭게 되돌아와 혜영이의 가슴에, 그리고 박하의 가슴에도 상처를 만들었다.

혜영이는 박하의 얼굴이 찌푸려지는 걸 보고 주먹을 꽉 쥐었다.

"난 내 처지에서 할 수 있는 걸 할 뿐이야. 우습게 보지 마라."

박하의 눈매가 사납게 올라갔다. 혜영이는 살짝 겁이 났지만 물러서지는 않았다.

"그래, 좋아. 그건 니 일이니까 니가 뭘 하든 신경 안 쓸게. 근데, 그 공책은 내 거였고, 내가 버린 거야. 누가 멋대로 공모전에 내래!"

박하는 정말이지 영문을 모르겠다는 표정을 지었다.

"너 상황 판단이 잘 안 되냐? 나한테 고마워해야 하는 거 아냐?"

"난 그 공책 버렸어! 이제 다시는 글 안 쓸 거란 말이야! 글 쓸 시간 따위 없으니까! 근데 그걸 멋대로 내면 어떡해! 그러면 내가 어떻게 글을 포기하난 말이야!"

발악하듯이 내뱉은 말에 혜영이는 더 서러워졌다. 꿈과 현실 사이에서 갈등했던 시간들이 파도처럼 몰려와 혜영이를 흠뻑 적셨다.

"왜 가만히 공부하겠다는 사람 마음에 불을 지피냐고!"

물론 시나리오가 뽑힌 건 기뻤다. 다만 부모님의 얼굴이 떠올랐을 뿐이다. 엄격하지만 다정한 아빠는 하나밖에 없는 딸에게 거는 기대가 컸다. 그리고 아빠보다 기대하는 바가 훨씬 더 큰 엄마는 늘 걱정스러운 얼굴로 '글'이란 것의 미래가 얼마나 형편없는지에 대해 설명했다. 그리고 끝은 항상 "선택은 네가 하는 거지만, 그에 따른 책임 역시 네가 져야 하는 거야. 그리고 그 책임은 널 평생 따라다니겠지" 하고 겁을 주며 마무리됐다.

혜영이는 너무 속이 상해서 악을 써 댔다.

"나한테 글을 쓴다는 게 얼마나 힘든 선택인지 니가 알기나 해?"

박하는 커다란 눈을 깜빡거리며 혜영이를 가만히 쳐다보았다. 눈앞의 여자애는 귀하게 자란 티를 팍팍 내면서, 자기보다 더 힘든 기색을 한다. 박하는 혜영이가 이해가 되지 않았다.

"아아, 미치겠네."

박하는 머리카락 사이로 손가락을 집어넣고는 긁적거렸다. 그리고 태연한 목소리로 덧붙였다.

"음, 뭐, 내가 널 잘 알지도 못하고 하는 소리긴 하지만… 그렇게 힘든데도 마음이 간다는 건 결국 좋아한다는 거 아냐?"

영문을 알 수 없는 그 말에 혜영이 인상을 찌푸리는 순간, 박하는 조금 어이없다는 투로 덧붙였다.

"야, 너 글 쓰는 거 좋아하는 거 맞지?"

'그렇게 힘든데도 마음이 간다는 건… 결국 좋아한다는 거 아냐?'

그리고 마침내 그 입술이 '너 글 쓰는 거 좋아하는 거 맞지?' 하고 말했을 때, 혜영이는 가슴이 터질 것 같았다. 아무리 고민하고 고집을 부려도 결국은 쫓아가게 되는 '좋아하는 그것'에 대한 감정은 부인할 수 없는 확고한 애정이었다. 사람에 대한 애정은 언젠가 식기 마련이라지만 꿈에 대한 애정은 쉽게 식지 않는다. 혜영이는 박하 덕분에 그 사실을 깨달았다. 그토록 글을 미워하려고 해 봤지만, 결국 돌아오기를 몇 번. 박하의 마지막 한마디는 혜영이의 고민에 마침표를 찍어 주었다.

글이라는 것에서 나는 도망갈 수 없다. 멀어질수록 가슴만 아프니까. 일부러 아프게 하면서, 그렇게 가슴앓이 하며 평생을 사느니, 배고픈 게 낫다. 그러니까 나는 아무래도 글을 써야겠다.

이게 밤을 꼴딱 새워 가며 내린 결론이었다. 엄마 몰래 밤새 흐느끼면서 선택한 건 결국 글이었다. 그렇게 마음을 정하고 나자 문득 박하에게 심한 말을 했던 게 생각났다. 미안하고 창피해서 얼굴이 화끈거렸다. 사과를 해야 했다. 혜영이는 오후 자습시간에 독서실을 빠져나왔다.

박하는 역시나 음악실에 있었다. 검은 피아노에 등을 기댄 채 눈을 감고서.

잠시 후, 박하가 눈을 번쩍 떴다. 그러더니 영감이라도 받은 것처럼 만족스럽게 웃으며 천천히 피아노 의자에 앉았다. 유리창 너머로 힐끔 훔쳐 보는데 박하가 연주를 시작했다. 재즈 느낌이 나는 멜로디.

사실 연주보다도 멋진 건 피아노를 치는 박하였다. 오디션 때도 그랬지만, 피아노를 치는 박하는 반짝반짝 빛이 났다. 악보도, 건반도 보지 않고 음악을 그려 가는 모습이 놀라웠다. 재미있어하는 표정엔 약간의 광기도 보이는 것 같았다. 이 애는 정말 피아노를 좋아하는구나 하는 생각이 들었다.

혜영이는 결국 한 곡의 연주가 끝나고 난 후 독서실로 발길을 돌렸다. 박하만의 시간을 방해하기가 겁이 났다.

박하를 다시 만난 건 수업이 다 끝나고 난 뒤였다. 복도로 좀 나오라는 수지의 연락을 받고 나간 곳에 박하도 함께 있었다. 둘은 뚱한 표정으로 서로를 외면하고 있었다.

"어?"

혜영이가 먼저 반응을 보였다. 수지가 쓱 혜영이를 돌아보았다.

"김혜영!"

수지가 환하게 웃었다.

"이 계집애 아닌 척하더니 시나리오도 내고! 어쨌건 축하한다! 니 시나리오로 연기에 발을 담그다니, 이게 무슨 운명의 장난이냐!"

수지는 격하게 축하를 했다. 문자로는 축하 인사를 주고받았지만 만나서 얘기할 틈이 없었다. 혜영이는 멋쩍게 웃으며 수지를 끌어안았다.

"그러게 말이다. 너도 뽑힌 거 축하해."

근데 혜영이는 사실 수지보다 박하가 신경 쓰였다. 가만히 서 있던 박하는 무뚝뚝한 투로 한마디 툭 던졌다.

"유한민 선생님이 강당으로 모이라고 했어. 너도 갈 거냐?"

박하는 말끝에 "안 갈 거면 어쩔 수 없고" 하고 심드렁하게 덧붙였다. 혜영이는 저도 모르게 소리를 질렀다.

"갈 거야!"

강당에는 오디션에서 뽑힌 아이들과 유한민이 있었다. 유한민은 아이들에게 연습 스케줄이 적힌 프린트를 나눠 주고 배우들의 역할을 알려 주었다. 아쉽게도 수지는 주인공 혜민이 되지 못하고 조연에 머물렀다. 못내 아쉬워하는 수지를 뒤로하고, 혜영이는 앞으로의 뮤지컬 진행 과정에 대해 들었다. 가슴이 설렜다. 혜영이는 곁눈질로 박하를 보았다. 박하는 무대 위에 있는 피아노에 시선이 붙들려 있었다. 그 모양새가 너무 잘 어울려서 저도 모르게 픽 하고 웃음이 나왔다.

한참 이것저것 설명하고 격려하던 유한민은 3학년만 강당에 남으라고 했다. 커다란 강당에는 몸도 마음도 이미 단단해진 열아홉 살들이 긴장된 표정으로 덩그러니 남았다. 유한민은 어느 때보다도 진지한 태도로 얘기했다.

"참 대단하다. 그 열정이."

서글서글한 미소와 부드러운 말투. 하지만 선생님은 그 한마디를 하더니 말이 없었다. 뭔가를 고민하듯 망설이던 유한민은 곧 후우 하고 한숨을 쉬었다.

"사실 다른 선생님들이 뜯어말렸어. 3학년은 대체 왜 뽑느냐고. 걔들은 그냥 공부하게 내버려 두라고. 선생님들이 틀렸다곤 생각하지 않아. 대한민국 사회가 그러니까. 또, 이런 기회는 앞으로 더 많을 수도 있어. 그러니 지금은 '정상적인 고3의 길'을 밟는 게 더 좋을지도 몰라. 너희 부모님이나 다른 선생님들도 그걸 원하실 거고."

어느 정도 각오를 했음에도 현실 앞에서 영 찜찜한 기분이 드는 건 어쩔 수 없었다. 혜영이는 약해지지 않으려는 듯 입을 악다물었다.

"이 무대를 준비하는 시간 때문에 어쩌면 대학 간판이 달라질 수도 있어. 그러니 너희 고3들은 신중하게 다시 선택하도록 해. 3일, 생각할 시간을 줄게. 스스로 후회하지 않을 선택을 해라."

유한민은 그렇게 말하고는 강당을 나갔다. 어찌할 바를 모르는 표정으로 텅 빈 무대를 올려다보던 아이들은 곧 웅성거리며 하나, 둘 교실로 돌아가기 시작했다. 알싸한 코끝을 문지르며 혜영이는 마지막 성장통을 참 거창하게도 치른다고 생각했다.

그날 저녁, 혜영이는 학교에서 돌아오자마자 엄마한테 무릎이 아프다고 투정을 부렸다. 그런데 엄마의 표정이 심상치 않았다.

엄마는 눈을 치켜 뜨더니 한마디를 날렸다.

"너 뮤지컬 대본인지 뭔지 뽑혔다며? 니가 지금 정신이 있는 거니?"

드디어 터질 게 터졌다.

혜영이 엄마는 그 얘기를 오늘 학부모 회의에서 들었다고 했다. 대치동 엄마들만큼 극성스러운 치맛바람을 일으키는 게 한음고등학교 엄마들이었다. 자기 아이가 다니는 학교의 이름이 실추될 법한 일이 있거나, 내 아이 성적에 불리한 문제라도 생기면 고개를 빳빳하게 세우고 선생님께 조목조목 항의했고, 내 아이 스펙 하나라도 더 늘리려고 수시로 학교를 드나들었다.

혜영이는 수지 엄마와 함께 교무실로 찾아가는 엄마의 모습을 상상했다. 분명 고상한 자세로 앉아 '선생님, 고3이 다른 걸 할 정신이 어디 있나요? 음악제에서 고3들은 빼세요' 하고 말할 것이다. 겉으로 웃고는 있겠지만 그 단호함은 선생님의 혀를 굳게 만들 것이다.

상상만으로도 오싹했다. 혜영이는 단단히 각오를 하고 입을 열었다.

"응, 나 뮤지컬 무대 대본 써 보려고."

엄마가 순간 인상을 확 찌푸렸다. 곧 억지로 미소를 지었지만 어색하기 짝이 없었다.

"혜영아. 좋게 말할 때 엄마 말 들어. 그건 안 돼. 알겠지, 우리 딸?"

마음은 차가워지고 심장은 두근거렸다. 엄마와 싸우고 싶지 않았다. 하지만 혜영이는 지금 확실히 해 두지 않으면 안 될 것 같았다.

"나 예전부터 글 쓰고 싶었고, 이건 첫 발을 내딛는 기회야. 생각처럼 쓸데없는 그런 일 아니야. 배우는 것도 있고, 나한테 도움이 될 거야."

"얘가 정신 나갔어 정말. 너 미쳤니? 내일 당장 학교 가서 그만두겠다고 해. 니가 안 하면 내가 할 거니까 그렇게 알아."

엄마의 반응은 차가웠고, 극렬했다. 아빠는 숨이 막히도록 무거운 한숨을 내쉬었다.

"엄마, 내 말 좀 더 들어 봐."

"혜영 아빠, 뭐라고 좀 해 봐. 이러다 쟤 대학 떨어지겠어. 딸 헛짓거리 하는 거 보고만 있을 거야?"

"엄마!"

"김혜영. 괜한 고집 부리지 마."

아빠가 한마디를 던졌다.

혜영이는 입이 툭 튀어나왔다.

"근데 아빠….''

"그만해. 이제 그 얘기 다시는 꺼내지 마라."

냉정한 말에 상처를 입는 혜영이는 아직도 여린 아이다. 벌떡 일어나 쿵쾅쿵쾅거리며 방으로 들어가 문을 쾅 닫았다. 하지만 엄마의 입에서 날아오는 비수는 방문을 뚫고 혜영이의 등 언저리를 매섭게 할퀴었다.

"지금까지 해 놓은 거 다 날릴 거야? 아깝지도 않니? 정신 똑바로 차려! 약대 떨어지기만 해. 아주 쫓겨날 줄 알아!"

혜영이는 베개에 얼굴을 묻고 귀를 막았다. 숨이 가빠 오면서 가슴이 들썩였다. 속으로 간신히 울음을 삼켰다. 문득 박하가 보고 싶어졌다. 그 애가 치는 자유로운 피아노와 당당한 눈빛. 그 모습을 보는 것만으로도 위로를 받을 수 있을 것 같았다. 박하라면 이런 상황에서 어떻게 할까. 콧방귀를 뀌며 웃을지도 모른다. '내 인생, 내가 살아요. 내가 책임지면 되잖아요' 하고 건방진 말을 날릴지도 모르고. 그러다 아빠한테 흠씬 두드려 맞고, 내일 아침 승리의 브이를 그리며 등교할지도 모른다.

아니, 어쩌면 제멋대로 하기로 결정을 내릴 수도 있다. 아직 박하를 잘 알진 못하지만, 어쩐지 그 애는 그럴 것 같았다. 막무가내로 돌파구를 만들어 낼 박하의 모습을 생각하자 픽 웃음이 나왔다. 혜영이는 조금만 기울어도 흘러넘칠 제 감정들을 가까스로 추스르고 의자에 앉았다.

제목이 '너와 나, 우리의 시간'이었던가. 공사장 일꾼이 붙인 것치고는 꽤 멋들어진 제목이다.

혜영이는 엄마랑 아빠가 심각하게 두런거리는 소리가 들리지 않을 때까지 계속 펜을 움직였다. 시나리오는 완성했고, 대본도 빠른 속도로 쓰는 중이었지만 정작 소설로는 이야기를 완성하지 못했다. 그게 아쉬워서 혜영이는 글을 써 내려갔다.

"노란 머리에 딱 어울리는 꽃이 있어" 하고 그 계집애가 말했다. 내게 준 꽃은 종이만큼 새하얀 이름 모를 꽃송이였다. 소라는 어울린다고 했지만, 이렇게 수수하고 얌전한 꽃이 자신과 어울린다고는 생각하지 않았다. 하지만 마음에 들기는 했다.

"미친년. 놀고 있네."

하지만 혜민이는 오랜만에 입가에 선선한 웃음을 띠었다. 그 애가 싫다. 주제에 굽히려 들지 않는 성격도, 나와는 달리 착한 심성도. 그리고 좋아하는 일에 뛰어드는 그 성숙하고 고고한 자태도. 그 앤 제 열정밖엔 보이는 게 없었다. 외모도 타인의 평가도 중요하지 않았다. 그 모습이 자꾸만 혜민이를 생각에 젖게 만들었다.

혜영이도 혜민이처럼 생각에 젖어 들었다. 박하는 피아노로, 수지는 연기로 자신을 표현한다. 그리고 나는 글로 나를 드러낸다. 혜영이는 이 묘한 조합에 심장이 두근거렸다.

다음 날, 연습이 끝나고 수지가 혜영이를 잠깐 불러 세웠다. 둘은 강당에 남아 잠깐 이야기를 했다. 수지가 혜영이의 손을 가만히 잡았다. 수지는 원래 살갑게 구는 스타일이 아니었다. 흘깃 훔쳐본 수지의 얼굴은 어딘지 모르게 비장했다.

"혜영아. 나 오늘 엄마한테 다시 제대로 얘기하려고."

"응?"

"우리 엄마, 내가 배우 오디션 본 거 다 알고 있더라. 다 알면서 모른 척하고 있었던 거야. 인정하고 싶지 않았던 거지. 내가 배우가 되는 게 그렇게 싫은가 봐. 어제는 나한테 그러더라. 배우 오디션 본 걸로 끝내라고. 그리고 학교에다 날 빼고 다른 애 집어넣으라고 얘기할 거라는 거야."

"우리 엄마도 똑같이 협박하더라. 한다면 하는 사람들인데."

"그러니까. 이제 진짜 내 진심을 보여 줘야 할 때인 것 같아. 우리 엄마 옛날에 피아니스트 되고 싶었던 거 알지? 나 사실 그 꿈 이뤄 주고 싶었어. 유명한 피아니스트 돼서 엄마가 웃는 거 보고 싶었다고. 근데 나 진짜 연기가 하고 싶어. 시간이 갈수록 더 그렇단 말이야. 엄마한테 다 얘기할 거야. 아주 오래전부터 드라마나 영화 볼 때마다 내가 그 자리에 서 있고 싶어서 못 견딜 것 같았다고. 엄마가 피아니스트가 되고 싶었던 것만큼. 그러니까 이번 음악제에서도 배우로 끝까지 참여할 거라고."

"괜찮겠어?"

"아니. 안 괜찮아. 그래도 얘기해야지 어쩌겠어. 엄마한테 떳떳하게 말하고 진짜 당당하게 연기할 거야."

"수지야…."

수지는 가슴이 벅찬 듯 숨을 크게 들이쉬었다. 혜영이는 수지의 손을 힘주어 잡았다. 혜영이는 그런 수지가 진심으로 부럽고 존경스러웠다. 그리고 자신에게도 그런 용기가 충전이 되는 것 같았다.

약속했던 3일이 지난 후, 다시 유한민의 호출을 받았을 때 고3 중에 빠진 사람은 없었다. 그리고 수지는 엄마와의 전투에서 승전기를 올렸다. 살짝 부어오른 수지의 뺨과 립스틱으로 가린 입술의 딱지가 씰룩거렸다. 백 여사와 담판을 지으면서 얻은 훈장이었다. 어디 하나 부러지기라도 할 줄 알았던 혜영이와 수지가 보기에는 이만하면 다행스러운 결과였다. 백 여사가 딸을 보러 음악제까지 올지는 미지수지만 어쨌든 최수지는 엄마에게서 "어디 한번 마음대로 해 봐라"라는 말을 듣고야 말았다. 물론 그 말 앞에는 "죽든지 살든지"라는 표현이 붙었고, 뒤에는 "나중에 3류 배우로 하루 벌어 하루 먹고살면서 빌빌대도 나는 모른다"라는 강력한 경고가 붙어 있었지만. 혜영이와 엄마는 아직 냉전 중이다. 엄마가 학교에 찾아가는 일만 없기를 바라며 엄마 눈밖에 나는 짓은 안 하려고 최대한 노력 중이다.

유한민은 한 손에 영어 문제집을 껴안고 슬금슬금 걸어 들어오는 고3들을 쳐다보다가 너털웃음을 터뜨렸다.

"이 녀석들이 진짜 제정신이 아니네."

그러나 표정은 상쾌했다.

"선택한 이상, 계속 자신을 의심할 필요는 없지. 내가 얼마나 약한지, 얼마나 겁이 많고 소심한지, 미친 건 아닌지 지레 겁먹을 필요도 없어. 이젠 직진이다. 열심히 해 보자."

이리저리 치이기 마련인 고3들은 유한민의 넉살 좋은 말만으로도 기운이 나는 듯 맑게 웃었다. 그게 꼭 어떻게든 해 나가고야 말겠다는 다짐처럼 느껴져서 혜영이는 자신이 그 아이들 틈에 있다는 게 자랑스럽기까지 했다.

그 뒤로 눈코 뜰 새 없이 바쁜 생활이 이어졌다. 고3의 하루는 원래 바쁜 법이지만 다른 것을 하나 더 움켜쥐고 있는 뮤지컬 팀은 정말 숨 돌릴 틈도 없이 바빴다. 혜영이는 쪽잠을 자고, 새벽에 공부를 했다.

"수지야, 우리 이러다 쓰러지겠어."

영어 문제집 하나를 간신히 다 끝내고, 쓰다 만 대본을 집어 든 혜영이가 우는 소리를 했다. 나흘째 쪽잠만 자서 눈도 퀭하고 피부도 부스스했다.

"그럼 때려치든가."

"말을 말자. 어디 무서워서 힘들다고 얘기나 하겠냐."

칼 같은 대답에 혜영이가 은근슬쩍 꼬리를 내렸다. 열이 오른 수지는 무서울 정도로 앞만 보고 달렸다. 남들이 미련하다고 손가락질하는 걸 무릅쓰고 뛰어들었으니, 이를 악물고 달리는 것이 옳았다. 박하는 어쩌면 지금 이 시간에도 공사장에서 부지런히 벽돌을 옮기고 시멘트를 바르고 있을지도 모른다. 불평은 사치였다. 혜영이는 생각을 고쳐먹고 다시 펜을 들었다.

　유한민으로부터 호출이 온 건 그렇게 모두가 '좋아하는 일'과 '공부' 사이에서 바쁘던 차였다. 그는 뮤지컬에 참여하는 5명의 고3들을 음악실로 불렀다. 수지는 선생님을 볼 구실이 생겼다며 좋아했다. 혜영이는 박하를 만날 생각에 가슴이 떨렸고.

　음악실에 가까워지자 익숙한 피아노 소리가 들렸다. 음은 시원하고 빨랐다. 혜영이는 박하라고 확신했다. 훌륭한 연주란 으레 다 그렇기 마련이지만, 박하의 피아노 소리는 유난히 사람의 마음을 떨리게 하는 구석이 있었다. 며칠 전, 음악실에서 들었던 그 피아노 소리처럼.

　혜영이와 수지는 까치발을 들고 음악실 안을 들여다보았다. 유한민이 박하를 지도하고 있었다. 박하는 계속 지적을 받으면서도 기가 죽거나 억울해하지 않는 것 같았다. 눈을 반짝반짝 빛내며 건반과 악보에 온 신경을 집중했다. 유한민도 근사했다. 배우는 박하가 즐거운 만큼 가르치는 선생님도 즐거워 보였다. 두 천재들은 피아노를 사이에 두고 서로만 이해할 수 있는 흥분에 젖어 있는 듯했다.

"아, 진짜 멋있다."

"응. 그러게."

　수지가 멋있다고 한 사람은 유한민일 테고 혜영이는 박하일 테지만, 어쨌건 둘은 넋을 놓고 음악실 안을 들여다보았다. 뒤이어 온 다른 고3들, 드럼을 맡은 최우형과 주인공 혜민이를 연기하기로 한 김루시아가 아니었다면 혜영이와 수지는 몇 시간이고 그렇게 서 있었을 것이다.

"선생님, 저희 부르셨어요?"

수지가 음악실 문을 삐걱 열며, 애교스럽게 물었다. 빠른 박자의 경쾌한 멜로디가 멎었다.

"아, 그래. 어서 들어와라."

유한민은 아이들을 반갑게 맞았다. 그러나 박하는 살짝 인상을 썼다. 혜영이는 박하의 그런 모습도 프로답다고 생각했지만, 수지는 박하를 흘겨보았다. 네가 뭔데 유한민 선생님이랑 단둘이서 레슨을 하고 있느냐는 그런 표정이었다. 수지가 박하를 대하는 태도는 확실히 거친 면이 있었다. 물론, 박하 역시 그런 수지를 결코 살갑게 대하지 않았다. 선천적으로 맞지 않는 느낌이다. 이 두 사람은.

박하는 인상을 쓰고 수지를 보다가 그 뒤에서 눈을 동그랗게 뜨고 자신을 보는 혜영이를 발견하고는 스르륵 표정을 풀었다.

"어, 김 작가! 대본은 잘돼 가나?"

장난스러운 말투. 혜영이는 또 가슴이 두근거려서 슬그머니 시선을 내리고 작은 목소리로 "다, 당연하지" 하고 대답했다. 박하는 여동생을 보듯 다정한 얼굴로 빙긋이 웃었다. 음악실에서 처음 만났을 때도 이런 표정이었다. 아직 지난번에 심하게 말했던 걸 사과하지 못했는데도 처음처럼 상냥하게 대한다. 그게 고마웠다.

"어? 선생님 벌써 곡 나왔어요?"

박하가 치던 피아노 악보를 곁눈질로 훔쳐본 수지가 말했다. 유한민이 고개를 끄덕였다.

"시나리오 결정하기 전에 미리 몇 개 써 놨어. 그중에서 혜영이가 쓴 이야기에 들어갈 만한 곡을 추려서 연습시키는 중이야. 아, 우형아. 너도 이따가 악보 받으러 와라. 혜영이 넌 대본 빨리 완성하고 곡에 가사 붙이는 작업 같이 하자."

유한민이 왕년에 잘나가던 음악가였다는 사실은 익히 알고 있었다. 하지만 스토리에 어울리는 곡을 벌써 다 써 놓고 드럼 악보까지 완성했다는 사실에 혜영이는 새삼 놀랐다.

유한민은 멀거니 서 있는 고3들을 가까이 부르더니 초콜릿과 뮤지컬 표를 내밀었다. 그 유명한 〈빌리 엘리어트〉. 혜영이와 아이들은 예상치 못했던 선물에 당황한 표정을 지었다. 유한민은 대수롭지 않다는 투로 말했다.

"초콜릿은 스트레스를 풀어 준단다. 너희 스트레스 대박인 고3들이잖아. 뮤지컬 표는 가서 보고 오라고."

아이들이 여전히 쭈뼛거리자, 유한민은 회심의 일격을 날렸다.

"그거 내 돈으로 산 거 아니니까 부담 느낄 필요 없어. 친구가 공연 관계자라서 내가 몇 장만 좀 빼 달라고 부탁했어."

그제야 아이들은 허리를 꾸벅 숙이며 "감사합니다" 하고 합창했다. 다들 얼굴이 방실거렸다.

방과 후에 혜영이와 수지는 독서실로 향했다. 공부를 하다 말고 대본을 써 내려가던 혜영이는 문득, 손사래를 치며 자기가 산 게 아니라던 유한민의 모습이 떠올라 킥킥 웃음을 터뜨렸다. 옆에 있던 수지가 큰 눈을 치떴다.

"아니, 유한민 쌤 귀여워서."

"뭐?!"

소곤거리는 혜영이의 말에 수지가 버럭 소리를 질렀다. 다른 책상에서 "에이 씨" 하고 조용히 하라는 신호를 보내 왔다. 수지가 다시 몸을 낮추고 혜영이의 귓가에 천천히 소근거렸다.
"내 거 건드리지 말고 니 왕자님이나 잘 챙겨."
"야, 나 개 안 좋아해!"
이번에는 혜영이가 소리를 질렀다. 물론 설득력은 전혀 없었지만.

사람은 북적거리고 찌는 듯이 무더운 여름날, 공부도 포기하고 엄마 몰래 빠져나왔건만 혜영이는 아트홀을 도무지 찾을 수가 없었다. 아, 지긋지긋한 길치 인생. 학교에서는 미적분을 가르칠 게 아니라, 길 찾는 법을 먼저 가르쳐야 한다. 결국 혜영이는 차가운 지하철 벽에 기대 앉았다. 창피하지만 도움을 요청해야 할 순간이었다.

"어, 수지야, 난데."

수지는 거의 다 와서 길을 잃었다는 혜영이의 말에 깔깔대며 웃었다. 혜영이는 휴대폰에서 슬쩍 귀를 떼고는 수지가 웃음을 그칠 때까지 잠시 기다렸다.

"다 웃었으면 나 좀 데려가. 분명히 근처 같은데 출구를 못 찾겠어. 무슨 비밀 던전도 아니고…."

수지는 아이스크림을 쏘라는 조건을 달고선 혜영이를 찾으러 나왔다. 새하얀 원피스가 예쁘게 잘 어울렸다. 혜영이는 수지에 비해 너무 평범한 모습이 조금 신경 쓰였다. 나름대로 차려입은 건데 역시 수지 옆에 있으니 지극히 평범했다.

"코앞인데 여기서 헤맸쪄요?"

"그래, 아시다시피 내가 좀 멍청해서."

"비꼬기는. 처음 오면 찾기 힘들어. 출구 밖으로 나가는 게 아니라 지하철 역이랑 입구가 연결돼 있거든."

뭐? 혜영이의 입에서 짜증스러운 한숨이 튀어나왔다. 가뜩이나 찌는 여름에 무려 30분이나 헤맨 자신이 한심스러웠다.

〈빌리 엘리어트〉 포스터가 걸린 4층 로비에서 혜영이와 수지를 기다리고 있던 것은 드럼의 최우형이었다. 세계사 교과서를 열심히 보고 있었다. 어째서 이런 날 교과서를 가져오는 거냐. 혜영이의 입술이 불퉁하게 튀어나왔지만 그러면서 혜영이도 은근슬쩍 가방에서 언어 문제집을 꺼냈다. 포스터 앞에서 온갖 예쁜 척을 다 해 가며 사진을 찍던 수지도 어느새 EBS 교재를 손에 들고 있었다. 네 번째로 온 건 오늘따라 유난히 화장이 진한 김루시아였고, 입장 시간을 3분 남겨 놓고 박하가 뛰어 들어왔다. 깔끔한 남색 반팔 티셔츠를 입은 박하는 머쓱한 듯이 웃었다.

"어, 기다리고 있었어?"

"만나서 같이 들어가야지. 새끼가 사나이 의리를 뭘로 보고."

우형이가 씩 웃으며 말했다. 박하는 아르바이트가 조금 늦게 끝났다고 했다. '설마 얘 공사장에 있다가 온 건 아니겠지?' 하는 생각이 들어서 혜영이는 저도 모르게 고개를 쳐들고 박하를 보았다. 그러고 보니 피부가 약간 그을려 있는 것 같기도 했다. 가느다란 손가락이 조금 투박해진 것도 같았다. 혜영이는 돌연 그 손가락을 건드려 보고 싶은 충동을 느꼈다가 낯부끄러운 생각을 했다 싶어서 금세 얼굴이 빨개졌다.

유한민은 인맥이 꽤 금광인 모양인지, 아이들은 모두 1층에 그것도 꽤 앞쪽에 앉았다.

"오, 진짜 라이브 연주네!"

무대 아래쪽에 위풍당당하게 서 있는 피아노를 보고 박하가 벌떡 일어섰다. 피아노 앞에는 꽤 노련해 보이는 인상의 연주자가 앉아 있었다. 손가락을 풀고 있는 피아니스트의 모습을 본 순간, 박하의 얼굴이 상기되는 게 보였다. 혜영이는 문득 순수하게 즐기는 건 박하뿐이라는 사실을 깨달았다. 우형이는 아무래도 초조한지 자꾸만 가방에 꽂힌 드럼 스틱을 만지작거렸고, 수지도 손에 든 교재를 더듬거렸다. 김루시아는 자꾸만 화장을 고쳤다. 물론 혜영이도 교재를 쉽사리 가방에 넣지 못하고 영 불편한 자세로 주위를 두리번거렸다. 박하만 잔뜩 안달 난 눈으로 무대를, 그리고 피아노를 훑고 있었다.

박하는 손가락을 의자 팔걸이에 대고 툭툭 두드렸다. 그 소리는 점점 빨라지고 정교해졌다. 그 둔탁한 소리가 마침내 멜로디로 들리게 될 즈음 혜영이도 박하가 만들어 낸 그 소리를 의식하지 않을 수 없었다. 그리고 그게 마치 소리 없는 피아노 연주처럼 여겨질 무렵 드디어 막이 올랐다. 박하는 정점을 찍는 듯한 움직임으로 팔걸이 위에 마지막 음표를 새겼다. 그리고 공연의 시작을 축하하는 박수를 받으며 손을 가지런히 모았다. 무대 위로 보내지는 박수가 마치 박하의 장난스러운 팔걸이 연주로 향하는 것 같은 착각이 들었다.

그리고 순식간에 시간이 지나갔다.

"우아아아!!!!!!"

"앵콜!!!!!!!"

쏟아지는 함성은 대단했다. 안녕, 마이클. 하고 돌아선 소년의 등이 움찔 떨릴 정도였다. 자칫하면 사람들의 함성 속에 파묻힐 것만 같아서 혜영이는 벌떡 일어났다. 그리고 저도 모르게 같이 함성을 질렀다. 빙글빙글 멋지게 돌던 빌리의 움직임이 마음 깊이 남았다.

권투를 배우게 하려는 광부 아버지, 그리고 아버지의 파업으로 점점 쪼들리는 가정. 그러나 이런 형편에도 발레를 사랑하는 소년의 거침없는 내딛음. 스토리는 물론 연주도 노래도 다 좋았다. 특히 '말로 설명할 수 없고 말로는 부족해' 하고 노래를 부르던 소년의 목소리가 오롯이 남아, 어두컴컴한 지하실에 스며드는 달빛처럼 고요히 가슴을 뛰게 만들었다. 무대의 조명은 사라졌지만, 마음의 조명은 꺼질 줄을 몰랐다. 아이들은 말이 없었다. 여름 저녁의 따뜻한 바람을 가만히 맞고 서 있을 뿐이었다.

"나 먼저 갈게."

김루시아의 목소리가 잘게 갈라졌다. 짙게 화장을 한 루시아의 얼굴을 수지가 멍한 표정으로 쳐다보았다. "그래, 월요일에 보자" 하고 답하는 수지의 목소리 역시 가뭄에 목마른 땅같이 메말랐다. 저보다도 대여섯 살은 어려 보이는 남자아이가 무대에서 연기하는 모습을 보자, 몸속 저 깊은 곳에서부터 열정이 용솟음쳤던 것이다. 혜영이는 수지와 루시아의 마음을 이해할 수 있었다. 소년 빌리의 이야기를 이렇게 놀랍게

각색한 그 누군가를 떠올리면, 자신도 타는 듯이 목이 말랐기 때문이다.

루시아가 가고 자리를 뜬 건 최우형이었다. 곰같이 덩치가 큰 남자애는 드럼 스틱을 손에 꽉 쥐고 뭔가 결심한 얼굴로 짧게 작별인사를 했다. 결국 계속 정신 못 차리고 뮤지컬의 환상에 사로잡혀 있던 혜영이와 수지, 박하만 남았다.

셋의 집은 같은 지하철 역에서 갈라졌다. 뜨끈한 열기가 식기 시작한 보도블록을 한 백 걸음쯤 걸었을 때, 박하가 혜영이와 수지의 어깨에 팔을 턱 걸쳤다.

"뭐냐, 치워라."

"왜, 왜 그래?"

수지는 눈썹을 찡그리며 박하의 팔을 밀어냈고, 혜영이는 순식간에 볼이 새빨개졌다. 아아, 어두워서 얼마나 다행인지.

"우리 열심히 해 보자."

어깨에 걸쳐진 박하의 팔은, 생각보다 꽤 어른스러웠다. 박하의 팔에서 전해지는 단단함에 혜영이는 조금 놀랐다.

"싱겁기는."

혜영이는 은근슬쩍 박하의 팔을 어깨 아래로 떨어뜨렸다.

"아직 어린애들이 왜 이렇게 낭만이 없냐? 자, 고개 들고 하늘 좀 봐."

"푸하하, 너 지금 뭐 하냐?"

어울리지 않는 너스레에 수지가 결국 웃음을 터뜨렸다. 혜영이도 비칠비칠 웃으며 하늘을 쳐다봤다.

달도 보이지 않는 새까만 하늘. 그 와중에 별이 군데군데 반짝거리고 있었다. 도시에서 저렇게 반짝거리는 별을 보기는 힘든 일이다. 새삼 감동을 받은 수지와 혜영이는 잠시 아무 말도 하지 않고 하늘을 봤다.

"사람은 누구나 다 하나씩 자기 별을 가지고 태어난대. 저기 어딘가에 내 별도, 너희 별도 있는 거야. 엄청 열심히, 온 힘을 다해서 반짝거리고 있어. 자기를 발견해 달라고. 그러니까 우린 그걸 찾아내야 돼."

"그건 또 무슨 개똥철학이냐."

수지가 하늘을 올려다보면서 중얼거렸다.

"그러니까 내 말은, 별은 바로 꿈이란 거야. 수업도 제대로 안 듣는 나보다 이해력이 떨어져서 어쩌냐, 최수지."

꿈이라. 그럼 내 꿈도 저기 어디선가 죽을힘을 다해 빛나고 있을까?

혜영이는 일부러 눈을 더 크게 떴다. 그래, 분명히 저 어딘가에서 신호를 보내고 있을 것이다. 내가 흔들리지 않을 수 있도록.

"우리 누나가 나 열여섯 살 때 얘기해 준 거야. 나 그때 장난 아니었거든."

박하가 낄낄거렸다. 혜영이는 고개를 바로 세우고 박하를 쳐다보았다. 창피한 듯이 콧잔등을 찡그리는 그 애의 모습은 어딘가 애잔한 구석이 있었다.

"가진 게 아무것도 없다고 생각했던 때가 있었거든. 그 또래 남자애들이 으레 충동적으로 하는 반항을 난 좀 요란하게 했어. 나를 경찰서에서 데려가면서 누나가 뜬금없이 별이 어쩌고저쩌고 하더라고. 아니, 이건 또 무슨 멍멍이 소린가 싶었지. 뭐, 제대로 듣지도 않았어. 그리고 고개를 딱 들어서 하늘을 보는데 별이 많지도 않은 거야. 근데 두어 개가 진짜 열심히 반짝거리더라고. 그걸 보니까 뭔가 심장이 짜릿하더라. 안쓰러울 정도로 열심히 빛나려고 하는 것 같았거든."

 정말이야 하고 덧붙이지 않아도 믿을 수 있었다. 직설적인 수지도, 소심한 혜영이의 눈에도 그렇게 보였으니까.

 "너 생각보다 되게 감성적이다."

 피시식 웃으며 혜영이가 말했다. 박하는 태연한 척했지만, 부끄러운 것 같았다. 문득, '너 피아노는 언제부터 쳤니?' 하는 질문이 목구멍까지 올라왔다. 공사장에서 무거운 벽돌을 들어 올리는 어깨, 거칠거칠한 모래 속에 파묻는 손가락은 어찌 된 영문이니? 너의 별은 아직도 반짝거리니?

 무엇 하나라도 묻고 싶은 마음에, 그리고 어쩐지 지금이라면 뭐든지 말해 줄 것만 같은 박하의 태도에 그 아이의 옷자락을 움켜쥐려던 순간이었다. 휴대폰 벨소리가 울렸다. 박하의 것이었다. 그 소리가 마치 어떤 스위치라도 되는 것처럼, 박하는 걸음을 멈췄다. 혜영이와 수지도 멈춰 섰다.

 "네, 사장님."

 박하의 목소리가 차분하게 울렸다. 박하의 표정이 싸늘하게 굳었다.

 낯선 표정이었다. 간혹 드러나는 사나운 얼굴도 아니었고, 늘 그렇듯이 서글서글하게 웃고 있는 낯은 더욱 아니었다. 꼭 위험에 봉착한 어린 짐승처럼 불안하고 긴장된 얼굴이었다.

 그 얼굴을 보자 이제껏 들떴던 흥분과 열기가 차갑게 가라앉았다.

 통화가 끝나고 박하는 아무렇지 않은 척, 애쓰는 얼굴을 했다.

"좀 급한 일이 생겨서… 미안한데 먼저 들어갈게."

통보에 가까운 작별 인사였다. 혜영이는 자신과 수지를 덩그러니 내버려 두고 어두운 골목으로 사라지는 박하를 멍하니 바라보았다.

박하가 사라진 곳은 혜영이가 사는 동네 반대편에 있었다. 약간 어둡고 후미진 곳이라 혜영이는 한 번도 가 본 적이 없다. 상가들이 다닥다닥 붙어 있고, 뭘 파는 거리인지는 모르지만 밤에는 간판 불빛들이 반짝이는 곳이었다. 조금은 무거운 공기가 떠다니는 거리.

박하는 그 안으로 갑자기 사라졌다.

"쟤, 정체가 뭐야?"

수지가 정말 모르겠다는 표정으로 말했다. 혜영이는 대답하지 않고 가만히 하늘을 올려다보았다. 새까만 하늘, 아까 보였던 별들은 사라지고 보이지 않았다. 혜영이는 잠자코 그 어둠의 장막을 바라봤다.

정체를 알 수 없는 골목으로 사라졌던 박하는 며칠째 학교에 나오지 않았다. 박하가 자리를 비운 사이 무성해진 건 근거 없는 소문들뿐이었다. 지루한 일상을 한번에 소란스럽게 만들 수 있는 그런 소문들 말이다. 이를테면 박하가 인근 고등학생 열댓 명이랑 시비가 붙어서 칼에 맞아 입원을 했다느니, 오토바이를 타고 폭주를 하다가 사고를 냈다느니 하는 요란한 소문들 말이다.

혜영이는 박하가 학교에 나오지 않는 이유가 일전의 그 전화 때문일 거라고 짐작했다. 순식간에 어두워지던 그 표정과 후다닥 뛰어가던 그 뒷모습을 생각하면 마음이 좋지 않았다. 피아노 말고는 별다른 즐거움도 없어 보이던 아이가 연습에 계속 빠지고 있으니, 무슨 큰일이 나긴 난 모양이었다. 더 큰 문제는 박하의 빈자리가 생각보다 크다는 것이다. 한마디 말도 없이 사라진 박하 때문에 음악제 준비에 차질이 생겼다.

혜영이는 입안이 바싹 말랐다. 여차하면 수지가 연기를 포기하고 피아노를 치든가, 아니면 새로운 반주자를 뽑아야 할 판이었다.

"그래서 걔는 언제 나타날 거라니?"

박하 대신 반주를 하던 수지가 건반을 신경질적으로 내리쳤다. 어설프게 붙인 가사를 더듬더듬 외우며 노래를 하던 배우들이 흠칫 놀랐다.

혜영이는 짜증스러운 어투로 대꾸했다.

"그걸 왜 나한테 물어? 때 되면 알아서 나타나겠지."

"그러니까 그게 언제냐고. 별이 어쩌고저쩌고 말만 번지르르하게 해 놓고 사라져? 아, 진짜 어이없네."

"야, 그만 좀 해라. 무슨 일이 있나 보지."

단짝의 날카로운 대꾸에 수지는 가만히 입술만 삐죽였다. 혜영이는 싸움이 될까 봐 더는 말하지 않고 아이들이 연습하는 무대로 시선을 돌렸다. 모두 2시간째 휴식도 없이 연습 중이었다.

유한민의 노래에 혜영이가 가사를 붙여 나갔고, 아이들은 그걸 가지고 연습했다. 연출 팀도, 의상 팀도 분주했다. 모두 최선을 다했다. 그러나 혜영이는 박하가 이 자리에 없어서 정말 아쉬웠다. 어쩌면 자신이 하고 싶었던 일을 처음으로 누군가에게 선보이는 걸지도 모르는데….

혜영이는 문득 강당 문 쪽을 쳐다보았다. 혹여나 그사이 박하가 오지 않았을까 하는 기대감에서였다. 그러나 문은 굳게 닫혀 있었다. 연습이 끝날 때까지 강당 문은 움직이지 않았다.

다음 날도, 그다음 날도 마찬가지였다. 야자를 하던 혜영이는 가슴이 답답해 견딜 수가 없었다. 학교를 무작정 빠져나왔다. 수지에게도 아무 말 하지 않고.

혜영이는 무작정 가 보기로 했다. 박하가 사라졌던 그 골목 안으로. 혜영이가 가진 단서라고는 박하가 사라진 그 골목밖에 없었다. 한 번도 가 보진 않았지만 동네 근처라 조금은 용기가 생겼다.

'박하가 분명히 이리로 들어갔는데?'

당연히 박하를 만난다는 보장은 없었다. 알면서도 혜영이는 기대를 품었다. 만나서 꼭 학교로 돌아오라는 말을 전해 주고 싶었다. 두어 걸음 더 주춤주춤 나아갔을 때였다. 붉은 간판 아래에 어딘지 익숙한 인영이 비쳤다. 지친 기색이 역력한 얼굴로 벽에 기대 있는 건 박하였다.

정말로 만날 줄은 몰랐다. 혜영이는 아무 말도 하지 못하고 잠시 박하를 쳐다보았다. 박하는 피곤한 듯 목을 뒤로 젖혔다. 바로 그때 박하의 눈에 혜영이가 들어왔다.

"어?"

"아, 안녕."

반갑다. 정말로 반갑다. 그리고 그만큼 민망했다. 혜영이는 시선을 어디에 둬야 할지 모르고 자꾸만 눈을 깜빡였다. 박하는 어벙벙한 표정을 하고 혜영이 앞으로 걸어왔다.

"여긴 어떻게 왔냐?"

목소리에 당혹감이 잔뜩 묻어났다. 딱히 뭘 생각하고 온 게 아니라서 혜영이도 할 말이 없었다.

지직, 지직 하고 간판 네온사인이 울었다. 혜영이는 제 다리마저 붉게 물들이는 그 빛을 가만히 보고만 있었다. 잠시 후, 상황 파악을 끝낸 박하가 부드럽게 미소를 지었다. 아까의 당혹스러운 표정은 완전히 사라졌다.

"왜 여기까지 왔는지 대충 짐작은 가는데, 그냥 가라."

박하는 철저히 벽을 쳤다. 혜영이는 기분이 나빴다. 박하가 꼭 학교로 돌아와 줬으면 하는 안타까운 마음으로 어렵게 여기까지 왔다. 그 마음을 이해하지 못하고 밀어내는 박하가 미웠다.

"시, 싫어!"

저도 모르게 성질을 냈다. 박하는 혜영이를 빤히 쳐다보았다. 방금 전까지 미소를 짓고 있던 소년의 얼굴이 조금 경직됐다. 후, 하고 한숨 소리가 들렸다. 억지로 짓던 표정을 완전히 무너뜨린 박하는 딱 선을 그어 버리는 냉정한 표정과 목소리로 말했다.

"내 문제에 신경 꺼. 찾아와 준 건 고마운데, 이러는 거 귀찮아. 이건 내 문제야."

정말로 귀찮다는 듯한 억양이 가슴을 찔렀다. 혜영이는 안타까운 마음이 드는 동시에 화가 났고 또 슬펐다. 조금의 고민도 없이 자신을 '타인'으로 치부하는 그 뉘앙스도 별로였지만, '자기 일'로 단정을 지어 버리는 것이 몹시 불쾌했다.

"음악제도 안 나갈 거니까 그런 줄 알고."

"야, 이 무책임한 자식아!"

피아노의 빈자리를 혜영이가 얼마나 안타깝게 생각하는지 박하는 하나도 모른다.

"나야말로 너 같은 거 상관 안 하고 내 일이나 열심히 하고 싶다고!"

박하의 눈꼬리에 당황스러운 기색이 어룽어룽 맺혔다.

"너 뭐야 대체? 뭐 하는 놈이야? 사람 마음 있는 대로 다 흔들어 놓고! 얌전히 공부나 하게 내버려 두지!"

"뭐?"

"난 그냥 약대 갈 작정이었어! 공부 열심히 해서 엄마가 그토록 바라는 인생을 살고 싶었다고. 글 같은 거, 알게 뭐야!"

혜영이의 눈에서 눈물이 퐁퐁 샘솟았다.

"근데 니가 날 돌려세웠잖아. 도망 같은 거 못 가게. 피아노에 대한 네 꿈, 보란 듯이 말하면서 나까지 바꿨잖아. 내가 지금 엄마랑 며칠째 냉전 중인지 알아? 담임이 날 어떻게 보는지 알기나 해? 내가… 내가 얼마나 불안한지 니가 아느냐고. 하긴, 너처럼 낙천적인 놈이 뭘 알겠어?"

듣자듣자 하니까. 박하는 불쾌감에 눈썹을 꿈틀거렸다.

"그럼, 끝까지 낙천적일 것이지 이제 와서 뭐가 문제야! 날 이렇게 전력질주하게 만들어 놓고 넌 왜 발을 빼는데? 나한테는 피아노를 위해서라면 이 세상에 못 할 것도 없는 사람처럼 지껄여 놓고 너 지금 여기서 뭐 하는데?"

혜영이는 방울방울 흘러내리는 눈물을 벅벅 닦았다. 조용히 한숨을 쉬며 등을 돌리는 박하를 보자, 맨 처음 박하를 만났던 일이 떠올랐다. 텅 빈 음악실에서 깔고 앉았던 그 아이의 악보집. 단정한 미인형의 얼굴과 담백하고 깔끔했던 그 아이의 미소. 그 찰나의 순간, 영화에서처럼 큰 소리로 두근거렸던 제 마음까지! 그리고 그때의 기억과 함께 겹치는 지금의 영상. 혜영이는 점점 멀어지는 박하의 등을 향해 "야!" 하고 빽 소리를 질렀다. 박하가 걸음을 멈추고 힐끔 뒤를 돌아보았다. 얼굴은 여전히 찌푸린 채였다.

"니가 그 잘난 재능을 어디에 팽개치든 상관없어. 근데 너 때문에 우리 팀이 망가지잖아. 할 마음 없음 다시는 강당에 얼굴도 비치지 마."

혜영이는 말을 마치자마자 돌아섰다. 한 걸음 내딛는 발은 땅이 꺼질 듯이 축축 처졌다. 혜영이는 속으로 소리쳤다. 웃겨, 정말. 먼저 열심히 해 보자고 했던 게 누군데. 좋아하니까 할 수 있다고 당당하게 얘기하던 게 누군데! 그래도 가슴은 여전히 꽉 막힌 듯 먹먹했다. 마침내 집에 도착했을 때, 혜영이는 책상에 엎드려 울었다. 엄마와 아빠가 얘기하는 소리가 들렸다.

"달래야 하는 거 아냐?"

"고3이잖아. 그냥 내버려 둬요. 한 번씩 저렇게 터져야 공부도 해. 음악제 포기한 걸 수도 있고."

"아무리 그래도…."

"그냥 둬, 혜영 아빠. 공부 때문에 힘들어서 눈물 한번 안 흘리면 그게 어디 고3이야?"

자기 맘대로 시나리오를 만들어 내는 엄마의 말에 화가 치밀었다. 그리고 묘하게 박하에게 한 모진 말이 혹시 상처를 주진 않았을까 걱정이 됐다. 그러나 뾰족하게 날을 세우기만 하고 도무지 다가갈 기회를 주지 않는 그 아이는 혜영이를 상처 입혔다. 그러니 죄책감을 느낄 필요는 없다.

  혜영이는 그렇게 스스로를 위로하며 눈을 감았다. 어디선가 박하가 치는 피아노 소리가 들리는 것 같았다.

대본을 들여다보던 수지가 혜영이를 쳐다보았다.
"박하는 언제까지 안 나올 거래?"
언어 문제를 풀던 손이 덜컥 멈췄다.
"걔 언제 오냐고."
수지는 머리카락을 빙글빙글 돌리며 다시 물었다.
"몰라. 그걸 왜 자꾸 나한테 물어?"
"너 저번에 야자 빼먹고 박하 만나러 갔잖아."
"아니야."
"야, 너희 엄마는 속여도 나는 못 속이지~. 나한테 말도 안 하고 니가 갈 데가 어딨냐?"
이럴 때의 수지는 꼭 못된 고양이처럼 얄밉다. 좀 모른 척해 주면 어디가 덧나나?
"걔가 뭐 하고 돌아다니는지 궁금하기는 해?"

"헐, 누가 그렇대? 걔 대신 반주하는 게 지겨워서 그런다, 됐냐?"

혜영이는 수지의 얼굴을 가만히 보다가 한숨을 쉬었다.

어쩌면 박하랑 수지는 남매가 아닐까? 혜영이는 잠깐 생각에 잠겼다. 백설기처럼 하얀 피부에 스크류바를 세 개쯤 먹은 것처럼 빨간 입술, 거기에 살짝 까칠한 성격까지. 정말 의심을 안 할 수 없는 상황이다. 만약 이 둘이 사귀는 사이라면 사랑하면 닮는다는 얘기를 수도 없이 들었을 것이다. 게다가 박하와 수지는 피아노까지 멋들어지게 친다. 어쩌면 박하는 어제 내가 아니라 수지가 찾아갔더라면 마음을 바꿨을지도 모른다. 원래 사람은 닮은 사람한테 호감을 느끼게 되어 있는 데다가 수지는 예쁘니까. 아무리 생각해도 우리 또래의 남자애가 수지 같은 미인에게 내 문제에 신경 끄라느니, 돌아가라느니 하는 말은 할 수 없을 것 같았다.

"그럼 니가 한번 찾아가 보든지."

무심한 척 던진 말에 수지의 표정이 일그러졌다. 혜영이는 한숨을 푹 쉬고는 고개를 돌렸다.

혜영이의 속을 바득바득 긁는 것은 수지의 얄궂은 태도뿐만이 아니었다. 오후에 혜영이는 담임의 호출을 받았다. 보나마나 어제 일 때문일 것이다. 하여튼 그 자식 때문에 보는 손해가 이만저만이 아니었다. 혜영이는 분하기도 하고 서운하기도 한 마음에 툴툴거리며 교무실로 향했다. 담임은 전에 본 적이 없는 무서운 표정을 하고서 혜영이를 기다리고 있었다.

"어제 야자 안 하고 도망갔지?"

거두절미하고 바로 들어오는 공격에 머리가 새하얘졌다. 호출을 전해 듣자마자 재빨리 생각해 둔 변명이 있었는데, 당황해서 입이 열리지 않았다.

"왜 그랬어?"

"아… 저… 그게….."

"너 고3 맞아?"

위로 확 치켜뜬 눈이 마치 쥐를 앞에 둔 고양이처럼 번뜩 빛났다. 본격적으로 혼낼 준비를 하는 담임을 보면서 혜영이는 그의 별명이 떠올랐다. 다이너마이트. 담임은 평소엔 조용하고 다정하지만 한번 불이 붙으면 교무실이 다 뒤집힐 정도로 열을 낸다.

"너 요즘 음악제 준비한다고 매일 야자 한 시간씩 빼서 강당 내려가지? 니가 음악 하는 애야? 아님 이제 곧 방학이라고 막 가는 거야?"

혜영이는 말없이 고개를 가로저었다. 담임은 책상을 쾅- 내리치며 삿대질을 했다.

"이 정신머리 없는 녀석아, 수능이 코앞인데 지금 대본이니 소설이니 쓰고 앉아 있을 형편이냐? 저번에 알아듣게 설명했잖아!"

"공부도 열심히 하고 있어요."

"열심히 한다는 놈이 야자를 빼먹어? 그리고 너 수학 쪽지시험 점수는 왜 그래? 내가 그 점수 보고도 꾹 참았어. 너 성실한 것도 알고, 이제껏 잘해 왔으니까. 글 나부랭이 깔짝대고 있는 거 모른 척해 줄까도 싶었고. 그런데 이제 야자까지 빼먹어? 너 때문에 인마, 한음고 30년 전통이 무너질 수도 있어! 서울 상위권 대학 과반수 합격, 몰라?"

호통 소리에 몸이 움츠러들었다. 어쩐지 강당에 들락날락하는 걸 잘 참고 봐준다 싶었다. 저렇게 속에 쌓아 놓고 있을 줄이야. 진즉에 알았더라면 그냥 조용히 교실에서 펜을 놀렸을 것이었다.

담임은 한참을 씩씩거리더니 급기야 유한민을 노려보았다. 마약이니 뭐니 지저분한 일로 신세를 망친 주제에 교사 행세를 하면서 활개를 치고 다니는 꼴이 예전부터 마음에 들지 않았다.

"아니, 유 선생님도 너무하십니다. 혜영이가 피아노를 칩니까, 바이올린을 켭니까? 공부 잘하고 있는 애한테 바람을 넣길 왜 넣어요. 그러다가 수능이라도 망치면 어떻게 하실 거예요, 예? 아니, 막말로 대본이든 소설이든 대학 가서 취미로 할 수 있는 거 아닙니까. 벌써부터 바람을 넣으니 애가 이러지요!"

유한민은 멋쩍게 웃을 뿐이었다. 혜영이는 민망함에 얼굴을 들 수 없었다. 사실 혜영이는 단 한 번도 약사가 되고 싶다는 말을 해 본 적이 없었다. 장래희망란은 늘 비워 두었다. 그러나 늘 어른들은 제 성적표를 보곤 싱글벙글 웃는 얼굴로 앞으로 더 열심히 해서 의예과를 가는 게 어떠냐, 교사를 하면 딱이겠구나, 법조계 쪽이 괜찮겠지? 하는 둥 이야기를 제멋대로 늘어놓았다. 간혹 꿈이 뭐냐고 묻는 어른들도 있기는 했지만 우물쭈물 "작가요"라고 대답했을 때의 표정들이란…. 그리고 항상 "에이, 그런 것보다도 병원 들어가 편하게 돈 버는 게 최고지" 하는 말로 혜영이의 꿈을 바스러뜨렸다. 더 기가 막히는 것은 엄마가 보인 반응이었다. 엄마는 씰룩이는 입가를 손으로 슬쩍 가리고, "얘는 의료계 쪽이 천직이에요. 공부가 취미인 애라" 하고 대답했다.

혜영이는 엄마 목소리가 들려오는 듯한 착각에 고개를 퍼뜩 들고 진저리를 쳤다. 담임은 유한민을 계속 쪼아 대고 있었다. 참을 수 없는 민망함이 몰려와서 혜영이는 급하게 사과를 했다.

"죄송합니다. 앞으로 절대 야자 안 빠질게요. 수능 준비도 열심히 할 거구요."

그러나 담임은 멈추지 않았다.

'아, 진짜 싫다. 내가 좋아하는 일 하겠다는 게 그렇게 잘못된 일인가? 글은 대학 가서 취미로 하라고? 약대 들어가서 자퇴나 안 하면 다행이지. 취미로 할 거였으면 이렇게까지 좋아하지도 않았어.'

오랜 마음고생 끝에 내린 결정이었기 때문일까, 아니면 글이란 걸 한 번 손에 쥐어 보니 다시는 놓고 싶지 않아서일까. 혜영이는 이전보다 생각도 마음도 많이 단단해졌음을 느꼈다. 한참을 속으로 구시렁거리던 혜영이는 박하의 이름이 떠올라 입술을 꾹 깨물었다.

'그래, 그 애는 공사장 막일을 하면서도, 피아노를 칠 때만큼은 행복해 보이잖아. 그렇게 좋아하는 거니까 취미로 할 수 없는 거라고. 다른 건 볼 마음도, 관심도 없는데 어떻게 취미로 하냔 말이야.'

담임이 소리를 바득바득 지를 때도 괜찮았는데 박하를 떠올리자 콧잔등이 시큰했다. 눈물이 뚝 떨어질 것 같아 눈을 부릅떴다.

'울지 말자. 박하는 다시 와서 피아노 칠 거니까. 절대 안 울어.'

혜영이는 물기가 어룽거리는 눈을 깜빡였다. 두어 번 눈꺼풀을 끔쩍거리는데 유한민과 눈이 마주쳤다. 곤란한 듯이, 혹은 좀 안쓰러운 듯이 자신을 보고 있던 유한민은 미소를 지으며 한쪽 눈을 찡긋해 보였다.

그 능글맞은 제스처에 눈물이 쏙 들어갔다. 혜영이가 유한민의 그 영문 모를 윙크의 의미를 알게 된 건 며칠 뒤였다.

담임한테 호되게 깨진 일이 기억 속에서 조금 흐릿해질 무렵, 유한민은 뮤지컬 팀에게 회식을 하자고 했다.

"고생이 많다. 특히 우리 고3들. 매번 교무실 들락거리면서 선생님들한테 깨지느라 수고한다. 그런 일로 기죽지 말자는 의미에서 회식이나 할까 하는데…."

아이들이 왁자하게 웃으며 소리를 질렀다. 혜영이도 맥이 탁 풀렸다. 그러나 박하가 떠올라 마음이 푹 수그러들었다. 그리고 그건 학생들을 휙 둘러보다가 비어 있는 피아노에서 시선이 멈춘 유한민도 마찬가지였다. 잠깐 피아노를 응시하던 그는 아무도 모르게 한숨을 쉬더니, 이내 밝은 얼굴로 학생들을 데리고 나갔다.

학교 근처 중국집에서 모인 뮤지컬 팀은 무척이나 시끌벅적했다. 특히 고3들과 유한민이 함께 앉은 테이블이 그랬다. 아이들은 고3 스트레스와 뮤지컬 준비에 대한 이야기로 정신이 없었다.

유한민은 탕수육을 집어 먹으며 이 자리에 없는 박하를 떠올렸다. 소문은 익히 들어 알고 있었지만 실제로 박하를 본 건 콩쿠르를 준비하는 학생을 음악실에서 특별히 지도해 주던 어느 날이었다. 교장이 긴히 레슨을 부탁한 학생은 고3 입시생으로 학교에서 기대를 하고 있는 학생이었다. 그러나 실력이 별로였다. 차지도 뜨겁지도 않은 실력. 열심히는 하는데 뭔가가 부족했다. 정확히 말하면 좀 지루했다. 유한민은 멍하니 음악실 창문 너머의 복도를 쳐다보고 있었다. 갑자기 피아노 소리를 뚫고 남자애들의 왁자지껄한 소리가 들렸다. 남자애 한 무리가 지나가고 있었다. 그때 박하를 처음 보았다.

 음악실 창문을 슬쩍 들여다보는 그 또렷한 눈은 자기는 상관도 않고 피아노를 쳐다보았다. 그 시선이 하도 노골적이어서 유한민은 그 일을 기억하고 있었다. 그때는 그 시선이 무슨 의미인지 알지 못하고, 그저 다른 아이들과는 뭔가 다른 구석이 있다고 생각한 게 고작이었다. 박하의 피아노를 처음 들었던 오디션 날에서야 비로소 그 애의 특별함이 피아노와 연관되어 있다는 사실을 짐작했다. 그리고 박하를 가르치면서 그 재능에 유한민은 다시 놀랐다. 박하를 가르치는 일은 즐거웠다. 자신이 고집했던 것과는 다른 방향의 연주였고 그 애는 어김없이 자신의 아픈 과거를 떠올리게 했지만, 재능 있는 아이를 가르치는 건 재미있는 일이었다. 유한민의 죽어 있던 열정까지 되살려 놨으니까. 그런데 어째서 박하는 이렇게 홀연히 사라져 버린 것일까.

 "아, 근데 선생님!"

 짜장면을 꾸역꾸역 밀어 넣던 루시아가 갑자기 고개를 쳐들었다.

 "박하, 진짜로 이번 음악제 포기하겠대요?"

 혜영이는 저도 모르게 몸을 꼿꼿이 세우고는 그를 쳐다보았다.

 "글쎄, 걔 담임선생님도 소식을 모르겠다고 하니, 난들 알겠니? 이대로 계속 안 나타나면 다른 사람 구해야지."

 "저는 절대 피아노 안 칠 거예요!"

 수지가 버럭 소리를 질렀다. 유한민은 고개를 끄덕였다.

 "알겠다, 알겠으니까 당분간만 대신해 주면 곧 다른 학생 구할게."

"근데 걔 진짜 왜 안 오는 거지? 피아노 치는 거 되게 좋아하는 것 같더만."

"그 속을 어떻게 알겠냐. 원래 소문이 많은 애잖아, 걔가."

혜영이는 입맛이 떨어져서 더는 뭘 먹을 수가 없었다. 배는 고팠지만, 입안은 모래를 씹은 듯이 껄끄러웠다. 매몰차게 자신을 거절했던 얼굴이 떠올라 입안이 썼다.

"무슨 사정이 있겠지."

한다는 말이 겨우 그거였다. 아이들은 어깨를 으쓱해 보이고는 화제를 돌렸다. 하지만 혜영이는 방금 전의 그 이야기에서 벗어나지 못했다. 더 늦으면 정말 박하의 자리가 없어질 수도 있었다. 그 자리에 다른 애가 앉아서는 안 된다.

"야, 먹는 게 왜 그 모양이냐? 팍팍 좀 먹어."

궁상을 떠는 혜영이가 안타까웠는지 수지가 혜영이의 접시에 통통한 탕수육을 몇 개 얹어 주었다. 혜영이는 억지웃음을 지으며 탕수육을 뒤적였다.

저녁 8시. 탕수육을 모조리 해치운 고3들을 교실로 올려 보내면서 유한민은 한 가지 제안을 했다.

"방학식까지 3일 남았지? 그때까지 박하가 안 나타나면 내가 찾으러 간다."

뭐? 뭐라고?

혜영이는 놀란 눈을 하고 유한민을 물끄러미 올려다보았다. 유한민은 근심인지 아니면 결의인지 모를 애매한 얼굴로 학생들을 보고 있었다.

혜영이는 두 가지 생각이 들었다. 하나는 자신이 찾으러 갔을 때 콧방귀도 안 뀌던 그 애가 다른 누가 간다고 해서 바뀔까 하는 걱정, 다른 하나는 어찌 되든 찾으러 가겠다는 선생님의 말이 반갑고 고맙고 다행스럽다는 것.

"그게 무슨 소리예요, 선생님."

수지가 울상을 지으며 말했다. 이 더운 여름날 제 낭군 고생하는 꼴 못 본다는 그런 투였다. 그리고 덧붙였다.

"왜 선생님만 가셔야 해요? 박하는 우리 친구니까 저도 같이 가요!"

얼레? 최수지가 웬일?

놀란 혜영이가 수지를 빤히 쳐다보았다. 최수지가 손가락으로 브이를 그리며 씩 웃었다.

최수지가 그렇게 물꼬를 튼 덕에 최우형과 김루시아까지 "저도 같이 갈래요. 우리는 한 팀이잖아요!" 하고 소리쳤다. 유한민은 흐뭇하게 웃으며 고개를 끄덕였다.

모두가 박하를 기다리고 있다. 혜영이는 가슴이 벅차올랐다. 이 뮤지컬을 만들면서 우리는 점점 하나로 뭉쳐 가고 있는 거다. 우린 함께 꿈을 꾸고 있으니까.

혜영이는 오랜만에 기운차게 웃었다.

"으아아아아~~ 뭐 한 게 있다고 벌써 여름방학이야."

"나 이번 수능 포기하고 재수 준비나 할까 봐."

"미친. 정신줄 놨구나?"

방학식을 하는 날. 학교는 소란스러웠고, 열아홉들은 모두 지친 얼굴을 하고 있었다. 그런데 동시에 뭔지 모를 벅찬 기분이 교실 곳곳을 떠다니고 있었다. 수능 기출 문제집과 대본을 동시에 끌어안고 있는 혜영이도 마찬가지였다. 방학을 한다는 사실도, 그만큼 음악제가 가까웠다는 사실도, 그리고 박하를 다시 만나러 간다는 사실도 모두 마음을 두근거리게 했다.

혜영이는 속으로 중얼거렸다. 유한민 선생님이라면 박하의 마음을 되돌릴 수 있을지 모른다. 나 하나가 아니라 모두 함께 간다면 박하가 그토록 완고하게 나올 수밖에 없는 자신의 이야기를 들려줄지도 모른다.

"그래서, 넌 뭐 할 거야?"

박하의 맑은 웃음을 떠올리던 혜영이는 갑작스런 질문에 "어?" 하고 멍청하게 대답했다. 질문을 한 현진이가 깔깔 웃었다. 음악제에 올릴 시나리오가 발표 되던 날부터 현진이와는 조금 어색한 기류가 흘렀다. 뒤늦게 축하한다고 말을 건넨 현진이의 얼굴엔 떨떠름한 미소가 삐딱하게 걸려 있었고 혜영이의 표정도 만만치 않았다. 혜영이가 약대에 가는 것에 대해 이래저래 말이 많았던 현진이었지만, 막상 글을 쓰기로 마음을 먹자 영 달갑지 않은 모양이었다. 혜영이는 그 마음을 이해했다. 혜영이는 '글 쓸 시간이 어디 있냐?' 하고 단호하게 선을 그었음은 물론이거니와 은연중에 현진이를 무시하기도 했었다. 그러니 현진이 편에서는 아닌 척하더니 글을 써 내고, 음악제에 채택이 된 혜영이의 시나리오가, 그리고 혜영이가 미울 만도 했다. 다행히 그즈음 짝을 바꿨기에 망정이지, 옆자리에 계속 현진이가 있었더라면 혜영이도 껄끄러워서 어쩔 줄 몰랐을 것이다. 둘은 자연스럽게, 만날 일이 없었다. 어차피 혜영이는 음악제 일로 바빴고, 현진이는 다른 공모전을 준비하느라 바빴기에 둘 사이에 무슨 특별한 교류가 생길 일도 없었다. 그런데 갑자기 현진이가 말을 걸어 온 것이다.

"방학 때 뭐 할 거냐고."

현진이가 다시 또박또박 말했다.

"그, 글쎄. 대본 다듬고, 공부하고…. 그러지 않을까?"

"어휴, 밥팅이. 하여튼 꽉 막혀 가지고. 그런 거 말고 좀 스페셜한 거 없냐?"

현진이가 얌체처럼 쏘아 댔다. 그래도 고양이같이 치켜뜨는 그 눈이 얄밉지는 않았다.

"넌? 넌 방학 때 뭐 할 건데?"

"음, 일단 도서 박람회에 갈 거야. 책도 많이 읽을 거고. 여행 다니면서 소설도 쓸 거야. 그렇게 틈틈이 글 쓰고 이것저것 보다 보면 뭔가 잡히지 않을까 싶어. 그리고 나, 대학 안 갈 거야. 남들 4년 공부할 동안, 난 글 쓸 거야. 사람들한테 사랑받는 글 써서 그걸로 먹고 살 만큼만 되면 좋겠어. 나만 좋아서 쓰는 글은 죽은 글인 것 같아. 어쨌든 난 평생 글 쓰면서 살 거야. 조금이라도 젊을 때 내가 하고 싶은 일에 몸 던져 보는 것도 나쁘지 않다고 생각해. 책임은 내가 지면 되지 뭐."

워낙 자유로운 영혼이기는 했지만, 대학 대신 글을 선택하다니. 혜영이는 현진이의 그런 저돌적인 모습이 부러웠다. 그리고 방학이 지나고 나면 현진이와 나눌 이야기가 많아질지도 모르겠다는 생각이 들었다.

방학식이 끝나자마자 혜영이는 가슴에 문제집을 한가득 안은 채로 박하의 교실 앞을 어슬렁거렸다. 혹시나 그 애가 돌아와 있지는 않을까. 이제 방학이니, 사물함도 비울 겸 잠깐이라도 들르지는 않았을까. 그러나 박하는 없었다.

혜영이는 박하가 이대로 돌아오지 않을 것만 같았다. 현진이는 방학 동안 여행을 할 것이고 수지와 최우형, 루시아와 자신은 음악제 준비를 착실히 해 나갈 것이다. 그리고 '꿈'밖에 보지 않는 이 무리 안에는 당연히 박하가 있어야 했다. 그래야 아귀가 들어맞는다. 혜영이는 박하가 분명히 다시 피아노 앞에 앉을 거라고 확신했었다. 그러나 지금 문득, 어쩌면 그 애가 영영 돌아오지 않을지도 모른다는 무서운 생각이 든다.

시끄럽게 쏟아져 나오는 아이들 속에서 혜영이는 잠시 멍청하게 서 있었다. 만약 이대로 박하가 사라져 버린다면? 피아노는커녕, 졸업도 못 한다면? 그럼 그 애의 꿈은 어떻게 되는 걸까. 그것 말고는 아무 데도 흥미가 없어 보였던 박하의 미래는….

혜영이는 잠시 벽에 기대어 서서 생각을 정리하려고 노력했다. 아무래도 난 생각보다 훨씬 더 많이 박하를 좋아하는 것 같다. 그 애를 잃어버리는 것은 그저 그런 실연의 아픔만이 아니라 내 꿈을 지지해 준 최초의 조력자를 잃어버리는 것이다. 그런데 만일 박하가 돌아오지 않는다면, 피아노에서 멀어진다면 나는 어떻게 될까. 그 애는 얼마나 상처를 입을까.

혜영이는 두려웠다. 서둘러 박하를 찾아야 한다는 생각이 들었다. 그리고 몸을 돌린 그 순간 복도 끝에서 수지가 뛰어오고 있었다. 자기 어깨보다 훨씬 큰 가방을 메고 타다닥 달려오는 수지가 반가웠다.

"수지야아~."

"앤 또 징그럽게 왜 이래?"

수지가 질색을 하며 혜영이의 팔을 쳐 냈다. 수지의 눈매가 사납게 올라가 있었다.

"너 무슨 일 있어? 눈이 왜 또 세모야?"

수지의 미간이 와락 구겨지는가 싶더니, 곧 혜영이의 팔목을 낚아채듯이 잡고 이끌었다.

"뭐야, 너 왜 그래? 교무실 가야지. 오늘 박하 찾으러 가기로 했잖아."

말이 끝나기가 무섭게 수지가 돌아섰다. 표정이 일그러져 있었다.

"걔 지금 경찰서에 있대."

혜영이는 귀를 의심했다. 거의 본능적으로 "뭐라고?" 하고 되묻자, 수지가 다시 한 번 또박또박 대답했다. "걔 지금 경찰서래."

"아까 걔네 담임한테 전화 왔다더라. 한민 쌤은 지금 경찰서에 가셨어. 따라오지 말라고는 하셨는데, 어떻게 가만히 있냐."

학교 앞 버스 정류장에는 루시아와 최우형이 먼저 나와서 기다리고 있었다. 모두 걱정스러운 표정을 하고 있었고, 짐이 한가득인데도 당장 경찰서로 달려가겠다는 의지에 불타고 있었다. 박하와 우리가 언제부터 이렇게 친했던가 싶었지만, 친해서라기보다 즐거운 얼굴로 피아노를 치던 박하를 잃고 싶지 않았던 것일지도 모른다.

혜영이와 무리들은 버스에 올랐다. 혜영이는 박하를 만나면 어떤 말을 해야 할지 계속 생각하고 있었지만 아무 말도 떠오르지 않았다. 버스가 경찰서에 가까워질 때쯤 간신히 슬픔에 물든 얼굴, 혹은 무서우리만치 아무렇지도 않은 철가면을 쓴 박하의 얼굴이 떠올랐을 뿐이다.

"안에 선생님 계신다."

경찰서 안을 들여다보던 수지가 말했다. 유리창 너머로 검은 티셔츠를 입은 유한민의 등과 호통을 치고 있는 10반 담임의 머리가 보였다. 두 사람이 가린 그곳에 박하가 있을 것이다. 혜영이는 문을 열기 직전, 가볍게 숨을 들이켰다.

– 딸랑.

문 끝에 매달린 작은 종이 울렸다. 혜영이와 아이들은 저도 모르게 어깨를 움츠렸다.

"무슨 일로 오셨습니까?"

투박하고 거친 목소리가 쭈뼛쭈뼛 움직이던 아이들의 뒷덜미를 잡아챘다.

"아… 저… 그게….."

딱히 주눅이 들 이유도 없었다. 그러나 친구가 여기에 있다는 사실이 어찌나 무서운지, 차마 입이 떨어지질 않았다. 어디서부터 어떻게 설명을 해야 할까 싶어서 서로 눈치만 보고 있을 즈음, 그리고 경찰이 슬슬 이상한 눈빛으로 훑어볼 즈음에 안쪽에서 큰 소리가 터져 나왔다.

"그러니까~ 왜 갑자기 사람을 후려 팼냐고, 왜! 너보다 한참 나이 많은 사람을!"

"…."

"와~ 진짜 이 새끼, 이거 사람 미치게 하네?"

마그마같이 끓어오르는 목소리에 홀리듯이 돌린 시선 끝엔 일그러진 박하의 얼굴이 있었다. 분노와 그간의 고생이 얼굴에 고스란히 떠올라 있어서 혜영이는 순간 울컥했다.

"박하야."

유한민은 박하에게 조심스럽게 말을 건넸다. 그를 힐끔 돌아보는 박하의 눈에 일순 미안한 기색이 스쳤다. 그러나 그것은 순식간에 사라지고 박하는 마치 스스로를 보호하기라도 하는 양, 무서운 얼굴을 했다. 날카로워진 소년의 기색에 유한민 역시 당혹스러웠다.

"어느 분이 담임이십니까?"

콧김을 씩씩거리는 경찰의 물음에 10반 담임이 얼굴을 붉히며 앞으로 나섰다. 경찰은 한참 동안 일장연설 및 하소연(자기가 저 목석 같은 아이를 취조하느라 얼마나 고생했는지에 대한, 그리고 아직도 제대로 해결이 안 됐음에 대한)을 늘어놓고는 박하의 뒤통수를 툭- 때렸다. 매섭게 치켜 뜬 박하의 눈을 유한민이 손으로 가만히 가렸다. 그리고 더 이상 큰 소리는 나지 않았다.

경찰 말에 의하면, 오늘 오전에 공사장에서 일하던 박하가 그 근처를 지나가던 손 씨를 보더니, 갑자기 주먹을 휘둘렀다. 그러나 때린 이유를 말하기는커녕 학교는 왜 안 나갔냐는 질문에도 묵묵부답이니, 대체 그 속을 알 수가 없다고 했다. 다행히도 손 씨가 박하가 아직 학생인 점을 고려해 선처했으므로 경찰서에서 잘 교육시키고 훈방조치를 하는 것으로 마무리를 짓기로 했다고 한다. (손 씨는 병원에서 찢어진 턱을 꿰매고 있었다.)

유한민은 김 선생에게 자기가 박하를 집까지 데려다 주겠다고 했다.

"가자."

유한민은 그 한마디를 하고는 박하의 어깨를 감쌌다. 묵묵히 일어나던 박하가 혜영이가 있는 쪽을 보았다. 학교에 나오지 않은 시간 동안 무슨 일이 있었던 걸까. 왜 박하는 길 가던 사람에게 주먹을 휘두른 걸까. 혜영이는 상처투성이인 손마디나 뺨의 생채기는 둘째치고라도 빛을 잃은 두 눈동자가 자꾸 마음에 걸렸다.

박하는 조금도 놀라는 기색 없이 친구들을 지나쳤다. 표정을 전혀 읽을 수 없는 그 무심한 얼굴과 한마디 인사도 없는 차가운 태도에 그들이 당황하는 사이, 박하는 경찰서를 나갔다. 혜영이와 아이들이 급하게 뒤쫓아갔지만 무슨 말을 해야 할지 몰라, 모두 박하의 뒤통수만 멀거니 쳐다보았다. 혜영이는 애가 탔다. 학기 중에 노가다를 뛰어야 할 정도로 힘든데도 신나게 피아노를 말하던 박하는 없었다. 그 아이를 지치게 만든 건 무얼까. 박하가 안고 있는 짐은 대체 뭘까.

"저대로 보낼 거야?"

수지가 혜영이의 손가락을 톡 건드렸다. 연민과 답답함이 동시에 묻어나는 얼굴이었다. 수지의 저런 얼굴을 예전에도 본 적이 있다.

고1 때였다. 학기, 학년이 시작될 때마다 의례적으로 거치는 장래희망 조사에, 수지는 한 치의 망설임도 없이 '배우'라고 써 냈고, 혜영이는 몇 번이고 망설이다가 결국 아무것도 쓰지 않았다. 지워진 샤프 자국이 못난 모양으로 '작가'라고 되어 있어서 혜영이는 종이를 재빨리 접었다. 그러나 수지는 비어 있는 혜영이의 종이를 보았다. 그때 수지는 더없이 안타까운 표정으로, 그리고 당장이라도 고함을 지를 것같이 화가 난 눈으로 자신을 보았다. 수지는 조용히 "멍청이" 하고 중얼거렸다. 그 순간 혜영이는 단단했던 우정에 금 가는 소리가 들리는 것 같았다. 화를 낼 요량으로 "너!" 하며 벌떡 일어섰을 때, 혜영이의 분노를 쏙 들어가게 만든 건 아이러니하게도 수지였다. 가슴속 깊은 곳에서 우러나는 그 쓸쓸한 표정에 혜영이는 충격을 받았다. 그 순간 왈칵 눈물이 쏟아지려고 해서 재빨리 바닥을 쳐다보았다. 흥미로운 시선으로 이쪽을 흘깃거리는 아이들에겐 미안한 일이었지만, 혜영이는 저도 모르게 수지에게 "미안" 하고 사과를 했다. 그때 혜영이가 왜 수지에게 사과를 했는지는 수지도, 혜영이 자신도 몰랐다.

그 기억이 지금에 와서 문득 떠올랐다. 소중한 것을 지키지 못하는 자신을 안쓰럽게 여기던 수지의 눈빛. 그게 얼마나 혜영이를 힘들게 하는지 수지도 알고 있었기에, 수지는 다시는 그런 얼굴을 하지 않았다. 그런데 그 얼굴을 다시 보게 될 줄이야.

"전에 이미 한 번 잡았잖아. 내 말은 귓등으로도 안 듣는데 뭘."

"멍청한 놈."

수지가 씩씩거렸다. 혜영이에게 한 말인지, 아니면 박하를 향해 던진 말인지는 알 수 없었지만, 생각해 볼 겨를도 없이 수지가 앞으로 달려 나갔다.

"야, 이 미친놈아!"

미쳤구나, 최수지. 그동안 유한민한테 잘 보이려고 갖은 애를 썼으면서 그걸 단번에 날려 버렸다.

"너 왜 학교 안 와? 왜 연습 안 나오냐고! 너 때문에 내가 얼마나 피보는 줄 알아? 씨발, 너 저번에 별 어쩌고저쩌고 했던 거, 그거 다 어디 갔어? 야! 사내 새끼가 한 입으로 두말하냐? 어?"

수지의 돌발 행동에 유한민은 물론, 우형이와 루시아까지 눈을 크게 떴다. 박하는 자신의 팔을 움켜쥐는 수지의 손을 신경질적으로 뿌리쳤다. 수지는 "이 개새끼야!" 하고 소리를 질렀다. 현실이 아니다. 혜영이는 그렇게 생각하며 눈을 꽉 감았다. 그사이 얼핏 박하하고 눈이 마주쳤다.

유한민은 흥분한 수지를 겨우 진정시켰다. 혜영이는 박하가 돌아서는 순간, 저도 모르게 박하의 이름을 불렀다. 아니, 사실 불렀다기보다는 중얼거림에 가까운 어조였지만, 박하는 용케 알아듣고 혜영이를 보았다.

"미안하다."

박하가, 사과를 했다. 물끄러미 자신을 보는 그 시선 끝에 진심이 보였다. 그리고 박하는 다신 돌아보지 않았다. 혜영이는 유한민과 함께 사라지는 소년의 등을 잠시 그렇게 보고만 있었다.

박하를 경찰서에서 본 뒤로, 유한민은 신경이 쓰여서 잠이 오지 않았다. 경찰서에 있다는 소리를 들었을 때는 기가 막혔다. 불현듯 악보집을 훔쳤다던 박하의 소문이 떠올랐다. 혐오감이 가득한 얼굴로 '껍데기만 그럴듯하면 뭘 한대요, 속이 그렇게 시꺼메서야 원…' 하고 수군거리던 학년 주임 선생님의 목소리가 들리는 듯했다. 유한민은 주제넘은 일이라는 것을 알면서도 '피아노 지도 선생'이라는 명목하에 10반 담임선생을 따라, 기어이 경찰서로 향했다. 10반 담임인 김 선생은 차 안에서 유한민에게 하소연을 했다.

"그 녀석 수업도 듣는 둥, 마는 둥 하는 데다가 자기 기분이 안 내키면 바로 고꾸라져서 자고, 점심 먹고 집에 가 버리고, 아주 학교가 지 놀이터인 줄 안다니까요?"

"그래도 질이 나쁜 것 같진 않던데…."

"거야 모르셔서 하시는 말씀입니다. 옛날부터 부모 없는 자식이 뵈는 게 없다질 않습니까."

무심하게 툭 던진 김 선생의 말에 유한민이 놀란 표정으로 그를 쳐다보았다.

"박하 부모님이 안 계세요?"

"엄마는 교통사고로 세상 떠났고, 아빠는 생사도 모른다네요. 자세한 내막이야 모르지만, 뭐 대충 알 만하지요."

김 선생이 혀를 끌끌 찼다.

그저 자기 주관이 뚜렷하고 철이 좀 덜 든 아이러니 생각했다. 워낙 밝은 얼굴을 하고 있어서 그 아이의 비화 따위는 상상도 하지 못했다.

"그리고 누나도 있다던데… 누나는 밤업소 같은 데서 노래를 한다고 합디다. 뭐, 밤무대 가수인 거지. 하여튼, 그렇게 변변치 못한 가정이니 저놈도 저렇게 막나가는 거 아니겠습니까" 하고 김 선생은 픽 웃었다. 어안이 벙벙해진 유한민이 뭐라고 되물을 새도 없이 차가 멈췄다. 경찰서 앞이었다.

박하는 가만히 몸을 웅크리고 있었다. 유한민의 머릿속에서 '그 애 누나가 말입니다' 하는 말이 웅웅 울렸다.

박하는 경찰서에서 풀려나 돌아가는 순간까지 입을 꾹 다물고 있었다. 얼핏 미안한 표정을 지어 보이기는 했지만, 입은 굳게 다물려 열리지 않았다. 레슨을 받을 때 "선생님, 이렇게 치는 게 더 재미있지 않아요? 이건 어때요?" 하고 건반을 두드리던 재기발랄한 모습이나, 불꽃처럼 타오르던 총명한 눈빛은 보이지 않았다. 그러니 집으로 돌아와서도 마음이 편할 수 없었다. 곱상한 얼굴 뒤에 숨은 아픔 때문에 그 아이한테는 더더욱 피아노가 전부일 터였다.

"경찰서까지 오시게 해서 죄송합니다, 선생님. 안녕히 들어가세요."

진심인지 거짓인지 모를 사과를 하던 박하는 썰렁한 정류장 앞에서 더 이상 따라오지 않았으면 좋겠다는 표현을 분명히 했다. 그 철벽 같은 완고함에 저도 모르게 "어… 그래, 너도 들어가서 쉬어라"라는 말이 흘러나왔다. 역시 마음을 돌리기엔 너무 늦었나 하고 한숨이 나왔다.

그런데 그 순간 유한민은 박하가 멘 가방 뒤로 뾰족하게 얼굴을 드러낸 종이 귀퉁이를 보고 머리끝이 쭈뼛 섰다. 자신의 볼펜자국이 남아 있는 종이 귀퉁이. 뮤지컬 악보였다. 제멋대로 치는 피아노에 길들여져 있는 박하에게 이렇게 저렇게 치라고 표시를 해 줬던 바로 그것이었다. 그는 박하를 붙잡고는 가방을 열어 젖혔다. 닳아 버린 오선지에는 유한민이 직접 그린 음표들이 정연하게 늘어서 있었다. 박하는 허둥지둥 악보를 빼앗더니 아무 말 없이 돌아섰다. 박하의 얼굴에는 당황한 기색이 역력했다. 뭔가를 말하고 싶어 하는 것 같기도 했다.

유한민은 틀림없이 수십 번을 지분거렸을 그 너덜한 악보를 떠올리며, 연습에 나오지도 않으면서 악보를 가지고 다니는 건 과연 무슨 의미일까 생각했다. 또다시 머리가 욱신욱신 쑤셨다. 유한민은 머리를 손으로 꾹꾹 누르며 무슨 일이 있어도 박하를 음악제 무대에 세워야겠다고 마음먹었다. 지금 이대로 포기한다면 다시 피아노를 치기까지 아주 오랜 시간이 걸릴 것이다.

유한민이 조금 이상했다. 자꾸만 무대의 흐름을 놓치고 있었다. 혜영이는 선생님이 무언가를 골똘히 생각하느라 그런다는 걸 알았다.

분명히 박하 때문이다. 혜영이는 그렇게 확신했다. 음악실에서 박하를 가르치던 유한민의 표정에는 천재를 가르치는 즐거움이 가득했으니까. 가끔 볼 수 있었던 두 사람의 레슨에서 선생님은 땀까지 흘려 가며 진지하게 박하를 지도했다. 그러니 박하가 신경이 쓰일 수밖에.

혜영이는 멍하니 무언가를 생각하는 유한민 옆으로 슬금슬금 다가갔다. 차림새만큼은 깔끔한 분인데, 오늘은 넥타이가 비뚤어져 있었다.

"저, 선생님."

유한민이 화들짝 놀라며 혜영이를 돌아보았다.

"어, 혜영아."

"선생님, 혹시 박하한테서 연락 온 것 없어요?"

유한민은 미간을 찌푸렸다.

"선생님도 모르시는군요."

"너무 걱정 마라. 곧 연락이 오겠지."

하나마나 한 뻔한 말. 혜영이는 풀이 죽은 얼굴로 돌아섰다. 힘없이 터벅터벅 무대 쪽으로 가는데 유한민이 가라앉은 목소리로 혜영이를 불렀다.

"아, 혜영아."

"네?"

"이제 연습에 안 나와도 돼. 대본도 다 됐고, 가사도 썼으니까 이젠 편하게 공부해도 된다."

충격이랄 것까진 없었으나 무언가 둔탁한 것이 가슴께를 치고 들어오는 느낌이 들었다. 얼마 전부터 이제는 강당에 오지 않아도 된다는 것을 알았다. 이제 공부에 집중할 수도 있었고, 몇 가지 생각해 두었던 새로운 소설을 써 볼 수도 있었다. 하지만 강당으로 향하는 발길을 끊을 수가 없었다. 이게 다 박하 때문이다.

"네. 오늘은 이만 갈게요, 선생님."

제가 들어도 경직된 목소리였다.

강당을 나온 혜영이는 독서실에서 가방을 챙겨 밖으로 나왔다. 원래 오늘의 계획은 학교 독서실에서 공부를 하고, 공부를 하다 지치면 틈틈이 새 소설을 쓰는 것이었다. 그러나 유한민과 잠깐 얘기를 하면서 마음이 바뀌었다. 박하를 하루라도 빨리 피아노 앞에 앉히고 싶었다. 바보처럼 강당만 들락거리며 그 아이를 기다릴 순 없었다.

혜영이가 간 곳은 시끄럽고 모래 먼지가 날리는 공사장이었다.

혹시라도 그 애가 아직 이곳에서 일을 하고 있지는 않을까 하는 기대감에 혜영이는 이곳을 찾았다. 그러나 그곳에는 교복을 말끔히 차려입은 소녀를 이상하다는 듯 힐끔거리는 아저씨들밖에 없었다.

"저, 여기 박하라는 학생 없어요?"

그늘에서 막걸리를 마시던 배불뚝이 남자가 호기심이 가득한 눈으로 혜영이를 보더니 허허, 너털웃음을 터뜨렸다.

"아아, 그 학생 찾는구먼? 뭐여, 여자 친구여? 하여간 고놈 새끼 고거 얼굴 하나는 훤칠하더만."

"박하 있어요?"

혜영이의 얼굴에 화색이 돌았다.

"고 기생오라비는 몇 주 쉬기로 했다. 우리도 창창한 젊은애 쓰기 좀 민망했는디, 어찌나 떼를 쓰는지…. 하여간 참 알다가도 모를 놈이여. 여튼, 뭐 잠깐 쉰다고 하더라고."

경찰서에서의 모습이 정말로 마지막이었던 것처럼 박하는 어딘가로 증발해 버린 것이다. 혜영이는 쓸쓸히 돌아섰다.

그 뒤로도 혜영이는 공사장을 힐끔거렸다. 매일 강당에 들러서 무대를 살펴보는 것도 빼먹지 않았다.

수지는 하루도 거르지 않고 강당을 드나드는 혜영이를 한심하다는 듯 지켜보았다. 강당 문을 열고 고개를 슬쩍 들이미는 그 모습이 여간 미련해 보이는 게 아니었다.

"에이, 이 미련퉁이야! 왜 사서 고생을 하냐?"

방금 전까지 무대에 있었던 수지가 어느새 저벅저벅 다가와서는 꽁,

하고 꿀밤을 먹였다. 혜영이는 머쓱하게 웃으며 이마를 문질렀다.

"너 솔직히 말해 봐. 박하 때문에 만날 학교 들락날락하는 거지?"

"아, 아니야 그런 거…."

수지는 말 안 해도 다 안다는 표정으로 혀를 찼다.

"야야, 그건 그렇고 우리 이번 일요일에 어디 좀 가자."

수지가 갑자기 팔짱을 꼭 끼며 말했다. 이번 주 일요일이라면 윤리 1학기 내용을 정리할 계획이었지만 수지가 꽤 진지한 얼굴을 하고 있어서 혜영이는 거절하는 것을 잠시 망설였다.

"어디 가게?"

"쇼핑."

"정신 차려라, 고3아."

"고3은 쇼핑도 하면 안 된다니? 전에 엄마랑 가방 사러 갔다가 봤는데, DVD 대여점에서 폐업한다고 영화 DVD를 장당 3천 원에 내놨더라고. 반드시 득템할 거다."

수지의 고운 두 손이 의자 손잡이를 쾅 내리쳤다.

"너 혼자 가. 난 공부할래."

"너무 매정하시다! 야, 친구야~ 제발 같이 가자~."

"아, 싫다니까. 요즘 누가 DVD를 보냐? 걍 다운받아서 봐."

클릭 한 번이면 되는 세상에 DVD를 사겠다는 구시대적 발상이라니.

그러나 수지는 정색을 했다.

"헐, 내가 그걸 몰라서 그러냐? 난 콜렉터야. 한 장, 한 장 모은 DVD를 보면 얼마나 뿌듯한지 아냐?"

최수지는 연극 티켓이나 팸플릿, DVD를 수집할 때의 기분이 얼마나 짜릿한지 정말 모르겠냐며 따지듯이 물었다. 혜영이는 결국 그 기세에 밀려서 항복을 선언했다. 대신 최수지는 그날 꼭 자신이 맛있는 빙수를 사 주겠노라고 약속했다.

수지가 가장 좋아하는 빙수는 딸기빙수다. 시원한 얼음 속에 동동 떠다니는 빨간 덩어리는 수지의 발그레한 뺨 같기도 했고, 피부가 하얘서 유독 도드라져 보이던 박하의 입술 같기도 했다.

순간 혜영이의 볼이 새빨갛게 물들었다. 수지가 천진한 표정으로 "여기가 좀 덥지?" 하고 물었다. 혜영이는 대답할 수 없었다.

사실 수지와의 약속 전날, 혜영이는 이상한 꿈을 꾸었다. 소년인지 청년인지 알 수 없는 곱상한 얼굴의 남자를 붙잡고 장미처럼 붉은 입술에 자신의 입술을 들이미는 꿈이었다. 입술이 닿으려는 찰나 서서히 흐려지는 영상에 "어, 안 돼!" 하며 그 사람을 붙잡으려는 순간, 혜영이는 갑자기 정신이 번쩍 들었다. 동그랗게 뜬 눈에 텅 빈 천장이 가득 찼다.

'미쳤어….'

그 사람은 완벽하게 박하였다. 혜영이는 부끄러움과 그리움이 치밀어 한숨을 푹 쉬었다. 그렇게 몇 분을 멍하게 누워 있다가 간신히 몸을 일으켰다. 수지를 만나야 했다.

서둘러서 나갔는데도 15분이나 지각을 했다. 수지는 시계탑 밑에서 짜증이 난 얼굴을 하고 서 있었다.

"수지야~."

"아, 더워 죽겠는데 왜 이렇게 늦어!"

"완전 미안. 늦잠 잤어."

"됐고, 빨리 가기나 하자."

수지가 혜영이의 팔을 확 잡아끌었다. 사거리 쪽의 공원을 지나가는데 요란한 소리가 들렸다. 아이들의 천진한 웃음소리와 확성기에 대고 떠들어 대는 남자의 목소리였다. 둘은 힐끔 공원을 돌아보았다. 토끼, 강아지, 고양이 같은 귀엽고 깜찍한 인형 탈이 공원을 돌아다니며 아이들에게 풍선을 나눠 주고 있었다.

"무슨 행사하나?"

"아, 이 근처에 EQ 발달 음악 유치원이라고 엄청 큰 게 생겼거든."

동물 인형들이 아이의 머리를 쓱쓱 쓰다듬으며 빨간 풍선을 나눠 주었다.

'EQ 발달 음악 유치원.' 혜영이도 얼핏 들은 적이 있다. 음악으로 유명해진 한음고등학교를 중심으로, 이 지역을 음악 특성화 지역, 문화의 메카로 만들겠다는 이번 구청장의 포부에 대한 이야기를. 때마침 유치원 개원을 생각하고 있었던 원장은 이러한 소문에 아이디어를 얻어서 잽싸게 음악 유치원을 개원한 것일지도 모른다.

한 달에 60만 원만 들이면 내 아이도 음악적 교양과 감성지수가 뛰어난 아이가 될 수 있다는 광고에 젊은 어머니들이 관심을 보이고 있었다. 한 달에 60만 원이라니. 둘은 질렸다는 표정을 하고서 공원을 지나쳤다. 공원 중앙에 세워 놓은 피아노와 바이올린, 통기타와 드럼 주위로 꼬마들이 몰려들었다.

수지가 사려던 DVD들은 다행히 남아 있었다. 혜영이는 예상했던 대로 짐꾼이 되었지만, 반짝반짝 빛나는 수지의 눈동자를 보니 투정 부릴 마음이 사라졌다.

"근데 너 이제 이런 거 봐도 괜찮냐?"

"울 엄마 나 완전 포기한 거 아니거든? 지금도 이런 거 모으는 거 보면 완전 도끼 눈 뜨고 달려들어."

"이 많은 걸 어디다 숨기냐. 내가 보기엔 며칠 안에 걸린다."

"괜찮아. 니가 재워 줄 거니까."

"됐어. 난 너희 엄마한테 밉보일 생각 없다."

수지가 깔깔 웃음을 터뜨렸다. 그러곤 곧 "우리 엄마가 그렇게 무섭냐? 그래서 세상 어떻게 사냐?" 하고 핀잔을 주었다.

사실 자기도 무서우면서. 혜영이는 입을 삐죽이며 중얼거렸다.

공원을 가로질러 돌아오는 길이었다. 공원에는 아직도 인형 탈을 쓴 아르바이트생들과 악기 주변을 맴도는 꼬마들이 있었다. 5~6살쯤 되어 보이는 아이들의 연주는 형편없었지만, 자기 몸보다 훨씬 큰 악기 주변을 왔다갔다 하는 모습이 귀여워서 둘은 그 광경을 한참 보고 있었다.

양 갈래 머리를 한 여자아이가 자신 있는 표정으로 피아노 의자에 앉았다. 그리고 '작은 별'을 뽐내듯이 치기 시작했다. 표정만큼은 유명 피아니스트라 해도 될 것 같았다. 피아노를 탐내던 다른 아이들도 우르르 몰려들었다. 갑자기 몰린 아이들 때문에 피아노 뚜껑이 덜컹거렸다.

"어어!"

누군가가 소리를 질렀다. 어떻게 해 볼 새도 없이 아이의 손 위로 뚜껑이 떨어졌다. 신나게 피아노를 치던 아이는 울음을 터뜨렸다. 손등이 벌겋게 달아올랐다. 놀란 아이의 울음소리는 점점 더 커졌다. 건너편에서 아이의 부모가 달려왔다. 원장도 하얗게 질린 얼굴로 달려왔다.

원장이 당혹스러운 표정을 감추지 못하고 주머니에서 사탕이며, 초콜릿이며 갖은 달콤한 것들을 꺼내 눈앞에서 흔들었지만 아이는 여전히 앙앙거렸다. 아이 엄마가 눈을 사납게 치켜떴다.

그때 분홍색 토끼 탈이 불쑥 끼어들더니 아이를 안아 들었다. 토끼는 아이를 도로 피아노 의자에 앉히고 자기도 그 옆에 앉았다. 곧 토끼는 분홍색의 복슬복슬한 토끼 장갑을 벗어던졌다. 하얗고 가느다란 손가락이 가만히 건반을 매만졌다. 방금 전까지 아이가 치던 '작은 별'의 멜로디가 울음소리와 함께 들려왔다. 아이 엄마는 어이가 없다는 표정을 했다.

"어?"

수지가 의문이 담긴 감탄사를 내뱉었다. '도도 솔솔 라라 솔'의 간단한 계이름으로 시작하는 단순한 노래가 갑자기 빨라지기 시작했다. 매끄러운 손가락은 순식간에 건반을 훑고 지나갔다.

"작은 별 변주곡."

수지가 중얼거렸다.

"모차르트의 '작은 별 변주곡'이야, 저거."

토끼가 치는 멜로디는 수백 개의 별들이 동시에 반짝거리는 듯한 신비한 느낌을 주었다. 목청이 떠나가라 울던 아이도 어느새 눈을 동그랗게 뜨고 토끼의 음악을 가만히 듣고 있었다.

문득 혜영이는 기묘한 직감을 느꼈다. 막힘 없이 미끈하게 펼쳐지는 연주. 듣는 사람을 집중시키는 다이내믹함. 게다가 저 하얀 손끝이 묘하게 익숙하다. 건반을 치고 올라온 직후의 깍듯한 손동작이 어디서 많이 본 것 같았다.

"저 토끼…."

"응? 뭐?"

혜영이가 들고 있던 DVD를 바닥에 내려놓았다. 수지가 소리쳤지만 아랑곳하지 않고 뭔가에 홀리기라도 한 듯 토끼를 향해 걸어갔다.

"죄송합니다. 잠시만요."

연주를 듣겠다고 삥 둘러선 사람들을 헤치고 들어가자 마침내 그 쭉 뻗은 손가락이 제대로 눈에 들어왔다. 토끼의 연주가 끝났다. 혜영이의 손이 토끼 탈에 닿았다. 사람들이 뭐라고 웅성대는 소리가 들렸지만 혜영이는 망설임 없이 탈을 위로 쑥 뽑았다. 어느새 수지가 타다닥 달려와 혜영이의 어깨를 잡았다. 그러나 혜영이는 돌아볼 수 없었다.

"안녕."

땀범벅이 된 얼굴로 웃는 소년은 박하였다.

"너… 여기서 뭐 해?"

"아르바이트."

"공사장은? 그만뒀어?"

"거기 갔었냐?"

자신을 차갑게 밀어내던 그때와 달리, 박하의 목소리는 무척 차분했다. 피아노가 마법을 부린 걸까? 혜영이가 생각에 잠겨 대답하지 않자 박하는 싱긋 웃으며 자리에서 일어났다. 이대로 사라질지도 모른다는 불안감에 혜영이는 급히 박하의 손을 잡았다. 땀 때문에 미끄러웠고, 생각보다 단단했다.

"왜 연습하러 안 와?"

"그러니까 미안하다고. 내가 그때 사과했잖아."

"너 피아노 좋아하잖아. 뮤지컬 무대에 서고 싶어 했잖아."

박하의 표정이 미묘하게 변했다. 차분하게 웃던 눈매가 살짝 경직됐다. 마음이 아팠다. 박하는 곤란한 듯이 웃으며 혜영이가 잡은 손을 쳐다봤다. 호기심이 가득한 눈으로 자기를 보는 사람들의 시선 때문에 혜영이도 손을 놓고 이 자리를 벗어나고 싶었지만, 그랬다가는 박하를 영영 잃게 될지도 모른다는 무서운 생각이 들었다. 혜영이는 땀 때문에 미끈거리는 하얀 손을 더 꽉 잡았다.

"도망가지 않는다고 약속해."

"뭐?"

"박하야, 우리 얘기 좀 하면 안 될까?"

박하의 새까만 눈동자가 깊게 가라앉았다. 마치 어둡고 고요한 밤하늘을 보고 있는 것 같았다.

뒤에서 저를 무섭게 노려보는 수지 때문이었을까. 한숨을 쉬기는 했지만 박하는 그러겠다고 대답했다. 원장은 박하에게 빨리 들어가도 좋다고 흔쾌히 허락했다. 그칠 것 같지 않던 아이의 울음을 그치게 했을 뿐 아니라, 박하의 피아노가 광고 효과를 톡톡히 내 주었기 때문이다.

인형 탈을 벗은 박하는 검정색의 깔끔한 반팔 티와 물이 빠진 청바지를 입고 있었다. 낡은 옷이었고 더워 보였으며, 몸에서는 인형 탈에서 배어 나온 퀴퀴한 냄새가 풍겼지만 그래도 혜영이 눈에는 근사해 보였다. 박하는 어색하게 미소를 지었다.

"그럼, 어디로 갈까?"

카페에 흐르는 음악은 혜영이와 박하, 수지의 분위기와는 달리 밝고 귀여웠다. 어색함이 감도는 고요한 테이블 사이로 부담스러울 정도로 깜찍 발랄한 노래가 흘러서 혜영이는 조금 민망했다.

"갑자기 불러내서 미안."

"너 정말 미안한 거 맞냐? 표정 완전 굳었어."

혜영이가 어색하게 웃었다.

손끝으로 탁자를 톡톡 두드리던 박하가 먼저 입을 열었다.

"그래서, 무슨 얘기를 듣고 싶은 거냐?"

눈과 입술은 빙글빙글 여유롭게 웃고 있지만 그게 진심이 아니라는 것쯤은 수지도, 혜영이도 알고 있었다. DVD가 든 봉투를 꽉 잡고 있던 수지가 더 이상 참지 못하고 벌떡 일어나려는 찰나 혜영이가 말했다.

"전부. 너에 대한 거 전부. 왜 연습을 하러 오지 않는지부터 그날 왜 경찰서에 있었는지. 학교는 왜 안 나오는 건지. 그리고 전에 뮤지컬 봤던 날 니가 받았던 전화는 뭔지…."

박하의 표정이 점점 굳어졌다.

잠시 후, 박하가 입을 열었다.

"얘기해 줄게, 전부."

얼음처럼 차가운 목소리를 들으며 혜영이는 울지 않으려고 눈을 부릅떴다.

박하는 느릿하고 차분한 어조로 이야기를 시작했다.

"나, 누나가 하나 있어."

나보다 일곱 살이 많은 현이 누나는 노래를 잘했다. 음악학원은 문턱도 못 밟아 봤는데도 누나는 천사처럼 아름답게 노래를 했다. 엄마한테 물려받은 재능과 타고난 미모. 그게 누나의 유일한 장점이었다. 정말이지 그 두 가지를 빼고는 좋은 점이라곤 찾아볼 수 없었다. 중3 때부터 시도 때도 없이 가출을 했고, 툭하면 정학을 당했다. 이런 누나는 부모님에게 버거운 짐이었다.

물론 누나가 처음부터 그랬던 건 아니다. 기억이 가물가물하지만 누나는 제법 착실한 편에 속하는 학생이었다. 일찌감치 성악으로 진로까지 정한 번듯한 학생 말이다. 희끄무레한 기억 끝자락 즈음에 상냥하게 웃고 말하는 누나의 모습이 남아 있는 것 같기도 하다.

이런 누나가 비뚤어지기 시작한 건 가난 때문이었다. 재능이 있어도 키워 줄 수 없는 부족한 경제력. 성악 레슨은 꿈도 못 꾸는 아쉬운 형편. 그게 문제였다. 노래를 하고 싶은데, 아무도 길을 터 주지 않는 막막한 상황에 누나는 무력감을 느꼈다. 음악에서 느끼는 한계가 클수록 일탈에 대한 누나의 갈망도 강해졌다. 음악을 포기한 건 아니었다. 하지만 막막한 현실에 대한 불만을 어찌하지 못하고 누나는 방황을 선택했다.

물론 경제적인 문제 말고도 다른 요인들이 더 있기는 했다. 당장 먹고 살기에 바빠서 누나에게 제대로 된 애정과 관심을 줄 여력이 없었던 부모님, 예쁜 얼굴 덕에 더 쉽게 찾아왔던 유혹.

그런데 어찌 됐든 우리 남매의 관계는 제법 괜찮았다. 현이 누나는 날 아꼈다. 그런 누나가 종종 했던 말이 있다.

"박하야. 누난 이 단칸방이 짜증나서 미치겠어. 이 좁아터진 방구석에 몸을 욱여넣고 자는 게 얼마나 힘든 줄 알아? 만날 돈 때문에 걱정하는 아빠도 보기 싫고 툭하면 신세 한탄이나 하는 엄마는 더 꼴 보기 싫어. 학교는 좀 나은 줄 알아? 자기도 담배 뻐끔뻐끔 피워 대면서 나보고는 금연하라는 선생이나, 나를 시한폭탄처럼 보는 머저리들이나 다 재수 없어. 알바 사장은 여자 다리만 보면 헥헥거리는 쓰레기 같은 놈이고! 어쨌든 제일 싫은 건 우리 집에 돈이 없다는 거야. 도대체 난 왜 이런 집에 태어난 걸까? 왜 레슨 한 번 받을 돈도 없는 이런 집구석에서 태어난 거냐고!"

대충 이런 레퍼토리였다. 지겹게 들었기 때문에 얼추 기억한다. 나는 아마 천성이 나쁜 놈은 아니었는지, 이 말을 들을 때마다 누나도, 부모님도 불쌍해서 눈물이 그렁그렁 고였다. 그러면 누나는 "사내놈이 어디서 눈물을 찔찔 흘려! 내가 너한테 뭐라 했냐? 뚝 그쳐!" 하고 호통을 쳤다.

현이 누나는 문제아였지만 음악을 사랑했다. 누난 노래를 하고 싶을 때면 선생님들 몰래 음악실에 숨어 들어가곤 했다. 가끔 기분이 내키면 나까지 데리고 갔다.

처음 나를 음악실에 데려가던 날, 누나는 자랑이라도 하듯이 피아노를 보여 주었다. 누나는 피아노를 치면서 노래를 불렀다. 거대하고 반질거리는, 마치 꼭 고래 같은 몸통에서 퍼져 나오는 매혹적이고 섬세한 멜로디는 심장의 어딘가에서 시작되는 한숨 혹은 미소 같았다. 연주가 끝나고 누나는 "어때?" 하고 물었지만 내 머릿속은 누나의 노래가 아닌 다른 것으로 가득했다. 피아노에 대한 내 열병이 시작된 건 바로 그때부터다.

내가 피아노에 관심을 보이자 누나는 자주 나를 음악실에 데려가서 피아노를 치게 해 주었다. 얼마 지나지 않아 누나는 내게 있는 재능을 알아차렸다. 물론 나는 그게 재능인지 몰랐고, 지금도 딱히 재능이라고 생각하지는 않는다. 난 그냥 그 검은 악기를 연주하는 게 좋았고, 내 손끝에서 터져 나오는 힘 있는 음정들이 좋았을 뿐이다.

내가 어떻게 생각하건, 누나는 내 재능을 키워 주고 싶어 했다. 자신이 느끼는 좌절감을 나에게까지 맛보도록 하고 싶지 않았던 것일지도 모른다.

누나는 어느 날, 아이스크림을 사 주며 넌지시 말했다.

"앞으로 피아노 공부 열심히 해야 돼. 내가 보기엔 너 분명히 재능이 있어. 나중에 누나가 피아노 꼭 사 줄게. 일단 지금은 누나 학교에서 좀 더 연습해. 책이랑 CD 사 줄 테니까 혼자서라도 계속 듣고 쳐."

누나가 굳이 당부하지 않아도 나는 알아서 연습을 했다. 누나네 학교 연습실에서 연습을 했고, 집에서는 음악을 들으며 멜로디를 외웠다. 나는 갈수록 피아노가 좋아졌다. 그런데 누나는 내 생각보다 훨씬 더 내 재주를 아꼈다.

내가 피아노를 접하고 1년 정도 지났을 무렵인 9살 때였다. 그때는 혹독한 한파가 몰아닥친 겨울이었고, 나는 틈만 나면 우유를 팔팔 끓였다. 혀가 저릿할 정도로 뜨거운 우유에 초콜릿 가루를 타 먹으면 추위를 잠시 잊을 수 있었기 때문이다.

"누나! 초콜릿 가루 어디 있어?"

"가스레인지 위쪽 선반에! 너 키 닿아?"

"응."

사실 선반에 닿으려면 10센티미터는 부족했다. 나는 이런 것쯤은 할 수 있다는 걸 보여 주고 싶다는 호기에 서둘러 의자를 대고 손을 뻗었다. 아무래도 걱정이 됐는지 누나가 꾸물꾸물 움직이는 소리가 들렸다. 손끝에 초콜릿 통이 살짝 닿은 순간이었다.

"어어?"

의자가 갑자기 기우뚱했고 나는 순식간에 균형을 잃었다. 나는 내가 손을 팔팔 끓는 우유 쪽으로 들이밀었다는 사실조차 모르고 있었다. 내가 손을 홀랑 델 뻔했다는 걸 깨달은 건 누나의 끔찍한 비명을 듣고 나서였다.

손을 덴 것은 내가 아니었다. 황급히 부엌으로 나온 누나가 내 손과 주전자를 함께 쳐냈던 것이다. 덕분에 누나의 왼팔은 뜨거운 우유에 뒤덮혔다. 누나는 비명을 내지르며 울음을 터뜨렸다. 다행히 심한 화상까지 가지는 않았지만, 누나는 그 일로 나를 호되게 팼다.

"너 피아노 안 칠 거야? 피아노 다시 못 쳐도 되면 손 함부로 놀려!"

누나는 자기 목보다 내 손을 더 아꼈다. 정작 본인은 노래 연습보다 이리저리 방황하는 시간이 길었지만 누난 집에 들어올 때마다 항상 내가 피아노 연습을 잘하고 있는지를 점검했다. 어쨌든 난 그런 누나의 마음을 알게 된 뒤로 손이 다치는 일이 없도록 조심했다.

집안이 본격적으로 어려움에 빠진 건 누나가 나에게 더 이상 피아노를 가르치지 못할 정도로 내 실력이 늘었을 무렵이었다. 나는 한 번 들은 노래는 얼추 비슷하게 흉내 낼 수 있었고, 사람들이 잘 알고 있는 유명한 노래를 연주하는 걸 좋아했다.

어느 날 누나는 내가 피아노 치는 걸 가만히 보고 있다가 웃음을 터뜨렸다. 한참을 깔깔대던 누나는 살짝 맺힌 눈물을 훔쳐내며 말했다.

"이거 진짜 보통내기가 아니네. 너 나중에 나보다 잘나가면 어쩌냐."

표현은 거칠었지만 누나는 날 아꼈다.

어쨌든 그 무렵이었던 것이다. 좀처럼 나아질 기미가 보이지 않는 형편에도 열심히 살아 보려고 애쓰던 아버지의 다리 한쪽이 텅 비어 버린 것은. 헐렁한 왼쪽 바짓가랑이를 붙잡고 허망한 눈으로 허허 웃던 아버지의 얼굴을 나는 잊을 수 없다.

"몸이 재빠르질 못해서…."

아버지는 차마 울지 못했다. 공사장에서 일하다가 크레인에서 철근이 떨어져 아버지의 한쪽 다리가 박살났다. 쉰 목소리로 그렇게 말하는데 엄마가 더 이상 듣지 못하고 오열을 했다. 세상이 아무리 뭐 같다지만 그래도 우리한테 이런 일이 생길 수는 없다, 뭐 하나 잘난 것 없어도 착하게 살아 온 당신 같은 사람한테 왜 이런 일이 일어나야 하느냐며 엄마는 울었다. 나는 이제 막 11살이 된 소년이었기 때문에 아무것도 할 수 없었고 무슨 일인지도 제대로 모른 채 그저 눈물만 날 뿐이었다. 그러나 시간이 지날수록 나는 이 사건의 참혹한 결과를 제대로 볼 수 있게 되었다.

처음에는 약간의 보상금과 함께 아버지가 회사에서 잘리게 된 것으로 문제가 시작되었다. 두 번째 문제는 엄마가 원래 주간 반으로 근무하던 것을 수당이 더 세고 일이 고된 야간 반으로 옮기면서 엄마의 경미했던 우울증이 심해진 것이다. 그리고 아버지의 재기가 결코 쉽지 않다는 것이 세 번째 문제였다. 형편은 더욱 어려워졌고 우리 가족은 불가피하게 빚을 지기 시작했다. 엄마의 히스테리와 비관적인 생각은 날이 갈수록 심해졌고, 아빠의 주량은 나날이 늘어갔다.

그로부터 3년 뒤, 내가 14살이 되고 누나가 꽃 같은 21살이 되었을 때 우리 가족은 끔찍하고 당혹스러운 전화를 받았다. 아버지가 받아 든 수화기에서 냉랭한 목소리가 흘러나왔다.

"김선영 씨 남편 분 되십니까? 여기 ○○병원인데요, 김선영 씨가 지금 교통사고로 실려 왔거든요. 위급한 상황이니까 빨리 와 주세요."

딱딱하고 사무적인 어투는 무섭기까지 했다. 아버지는 그 달갑지 않은 목소리를 끝까지 잘 듣고는 꿈을 꾸는 사람인 양 느릿하게 물었다.

"지금… 아니… 잠깐만… 뭐라고요?"

"김선영 씨가 지금 위급하다구요!"

전화가 끊어지고 아버지는 정신이 나간 사람처럼 전화기를 집어던졌다. 흉하게 일그러진 아버지의 얼굴을 나는 아직도 기억한다. 아버지가 미친 사람처럼 발광을 했기에, 정작 내 마음이 어땠는지는 잘 떠오르지가 않는다. 다만 일주일째 집에 들어오지 않고 있는 누나를 마음속으로 간절히 불렀던 것 같다.

누나는 다행히 엄마가 돌아가시기 직전에 연락이 닿았다. 멍한 표정으로 병원 벽에 기대선 누나는 뻐끔뻐끔 담배를 피워 대며 울었다. 좀처럼 보이지 않던 누나의 진짜 모습이, 어렴풋한 그 상냥한 모습이 하필이면 이런 때에 고통스러운 슬픔으로 겨우 기척을 드러냈다. 나는 그런 누나 옆에 기대서 엉엉 울었다. 어렸지만 나는 알고 있었다. 엄마는 낚싯대에 매달린 생선처럼 헐떡이는 그 연약한 생명을 스스로 끊었다. 나는 엄마가 지친 몸을 이끌고 달리는 차로 뛰어드는 모습을 상상할 수 있었다. 한때 가수가 꿈이었던 엄마는 어쩌면 자동차의 강렬한 불빛이 자신을 향한 스포트라이트로, 경적 소리가 관중들이 보내는 박수갈채로 느껴졌을지도 모른다.

아버지는 엄마를 잃고 난 후, 술에 취하면 아프리카에 가고 싶다고 중얼거렸다. 거기에 엄마의 뼈를 뿌리고 오고 싶다고 했다. 만날 추운 방, 추운 집에서 살게 했으니, 뼈라도 더운 곳에 있어야 하지 않겠느냐고 했다. 그래서 누나와 나는 아버지가 어느 날 갑자기 사라졌을 때, 아버지가 아프리카에 갔으려니 하고 생각했다. 실종신고도 하지 않았다. 그 누구도 다리가 하나만 남은 무일푼의 남자가 홀로 아프리카에 갈 수 있으리라 생각하지 않을 테지만, 그래도 우린 그렇게 믿었다. 아버지는 엄마의 유골을 뿌리러 아프리카로 떠난 것이다.

변변찮은 사람들이었지만 어쨌든 부모님이었고 얄팍하지만 그래도 유일한 보호막이었다. 부모님이 모두 사라진 후, 누나는 이를 악물고 독해졌고 나는 무너졌다. 누나는 뒤늦은 죄책감과 슬픔을 이기려고 했고, 나는 거기에 젖어들었다.

누나는 밤무대를 전전했다. 누나가 할 줄 아는 거라고는 노래뿐이었으니까. 그리고 나는 누나가 학창시절에 그랬던 것처럼 비뚤어진 길로 가기 시작했다. 마음속 깊은 곳에서 끓어오르는 분노와 갈 곳 없는 슬픔이 나를 가만두지 않았다. 한번 무너지기 시작하자, 세상은 지랄 맞아졌다. 나는 툭하면 싸웠고 경찰서를 들락거렸다. 누나는 그런 내게 아무 말도 하지 않았다. 달리 할 말이 없었던 것인지, 아니면 어떤 말을 해야 할지 몰랐던 것인지 모르겠지만 어쨌든 누나는 입을 꾹 다물고 복잡한 감정이 잔뜩 얽힌 눈으로 나를 보곤 했다. 내가 사고를 치는 날이면 누나는 어김없이 입을 닫고 담배를 피워 댔다.

그런 현이 누나가 내게 진심 어린 충고를 했던 날이 있었다. 남자애들과 시비가 붙어서 경찰서에 붙잡혀 간 날이었다. 그날은 진눈깨비가 휘몰아치는 겨울이었고, 나는 아르바이트를 알아보려고 시내를 돌아다니고 있었다. 마침 한 PC방에 야간 알바를 구한다는 광고가 붙었다. 내용을 읽고 있는데 그 근처에서 담배를 피워 대는 또래 남자애들과 눈이 마주쳤다. 허세로 가득 채운 그 눈동자는 별 위협도 되지 못했다. 그 애들은 주먹 하나로 인생을 평정한 사람인 양 시건방진 표정을 하고 나를 쭉 훑어 내렸다. 그리고 자신만만한 어조로 한마디 했다.
"뭘 봐, 씨발아."
그게 싸움의 시작이었다. 속에서부터 들끓는 울분을 풀어 낼 곳을 찾고 있던 차였다. 맞아도 아프지 않았고, 무섭지 않았다. 맞아서든 때려서든 이 답답한 마음을 비워 내고 싶었다. 그런 마음으로 나는 마구 주먹을 휘둘렀다. 문득 '아, 손 다치면 안 되는데' 하는 생각이 든 순간, 어디선가 사이렌 소리가 들렸다.
자그마치 4 대 1이었다. 당연히 더 많이 두드려 맞은 건 나였다. 그런데도 경찰은 나를 더 경계했다.
"넌 어떻게 하루가 멀다 하고 잡혀 오냐, 자식아."
경찰의 훈계는 대부분 그렇게 시작했다. 이제는 훈방조치도 힘들다며 투덜거렸다. 다행히 이야기가 더 길어질 즈음에 누나가 와서 날 데려갔다. 누나는 별말 없이 묵묵히 앞서 걸었다. 나는 그런 누나의 등을 멀거니 보며 뒤를 따랐다. 한동안 그렇게 어색하게 걷고 있는데 갑자기 누나가 뒤를 돌아보았다.
"야, 근데 진짜 웃기지 않아?"
누나가 힘없이 미소를 짓고 있었다.
"뭐가?"
"예전엔 엄마나 아빠가 날 데리러 경찰서에 왔는데 이젠 내가 널 데리러 오잖아."
"하나도 안 웃겨."
무심한 내 대답에 누나는 어깨를 으쓱했다. 또 우리 사이에 적막이 찾아왔다. 그 분위기가 답답해질 즈음 누나가 다시 입을 열었다.

"나 말이야. 인생 좀 제대로 살걸 그랬나 봐."

아무렇지 않은 듯한 어조였지만 어딘지 모르게 한스럽게 느껴지는 말이었다. 누나는 씁쓸하게 웃으면서 나를 쳐다보았다.

"그렇게 사는 게 아니었어. 만날 입으로만 가수하겠다, 성공하겠다고 했지 제대로 노력도 안 해 봤잖아. 철없이 부모, 환경 탓만 하고 방황만 했지. 지금은 좀 후회가 되네. 왜 이제 와서야 그걸 알게 된 걸까? 지금은 엄마도 아빠도 없고, 한 걸음 내디딜 기운도 없는데."

나는 '지금 이게 뭐 하자는 시추에이션이지?' 하고 생각했다. 평소의 누나라면 절대 하지 않을 말이었다. 가슴 저 깊은 곳에서부터 한숨이 나왔다. '하아' 하고 뜨거운 숨을 내뱉는데, 누나가 나를 빤히 쳐다보았다. 어릴 적부터 봤던 고양이 같은 눈이었다. 눈에 후회와 후회, 그리고 또 후회가 가득했다는 것만 빼고.

"그러니까 넌 그러지 마라."

언제부터였을까. 철없던 날라리 누나가 삶을 짊어진 어른의 얼굴을 하게 된 건. 정말 너무나 낯설어서 나는 누나를 제대로 볼 수가 없었.

내가 퍽이나 심각한 표정을 하고 있었는지, 누나가 낄낄 웃었다.

"야, 인상 구기지 말고, 잠깐 저거 좀 봐."

누나가 가리킨 곳은 밤하늘이었다. 새까만 하늘에 별 몇 개가 떠 있었다. 그걸 보면서 누나는 '별에 대한 개똥철학'을 읊어 댔던 것이다.

"있잖아, 사람은 하늘에 자기 별을 하나씩 가지고 있대. 그 별들이 자기를 좀 봐 달라고 온 힘을 다해서 빛을 내는데, 그걸 찾는 사람도 있고 못 찾는 사람도 있다는 거지. 난 아직도 못 찾았어. 딱 내 거다 싶은 별을 본 적이 없단 말이야. 사실 제대로 하늘을 본 적도, 그놈을 찾겠다고 노력한 적도 없는 것 같아. 어쩌면 이미 떨어지고 없을지도 모르지. 개도 지쳤을 거 아냐. 근데 넌 한번 찾아봐라. 니 별은 아직 있을 것 같다."

그게 누나의 유일한 충고였다.

그리고 다음 날 누나는 후미진 골목길에 있는 라이브 카페에 취직 아닌 취직을 했다. 말이 좋아 라이브 카페지 동네 호프집이나 마찬가지인 작은 규모였다. 붉은 네온사인 간판이 지직거리는 그 가게는 허름했지만 제법 손님이 있었다. 밤무대를 전전하며 노래를 하던 누나가 그 가게에 정착하게 된 건 누나의 사정을 딱하게 여긴 사장이 가게 안쪽에 작은 거처를 마련해 주었기 때문이다.

어차피 한두 달 내로 방을 빼야 할 상황이었다. 보증금이 싼 곳으로 얻으려다 보니 마땅한 집이 없었다. 게다가 카페 홀에는 낡았지만 피아노가 있었다. 그러니까 좀 불편하고 눈치가 보이긴 해도 우리 남매한테 딱 맞는 곳이었던 것이다. 우리는 그렇게 라이브 카페에서 더부살이를 시작했다.

그리고 중학교 졸업을 앞둔 11월의 어느 날, 누나가 '한음사립고등학교 입학 안내 책자'를 내밀었다.

"이게 뭐야?"

당황하는 나와 달리, 누나는 태연했다.

"너 고등학교 안 간다고 했다며. 너희 담임한테 전화 와서 내가 가서 처리했어."

"뭐?"

"한음고등학교 음악제가 유명하다며? 그리고 거기에 옛날에 잘나가던 피아니스트가 선생으로 있다더라. 그래서 내가 거기에 원서 넣었어."

마치 '오늘 아침엔 된장국에 밥을 먹었어' 따위의 말을 하듯이 아무렇지도 않은 목소리였다. 고작 그런 소문만 듣고 일반 국공립보다 등록금이 두 배는 비싼 사립고등학교에 원서를 넣다니. 누나가 그 정도로 분별력 없는 사람인 줄 이전에는 미처 몰랐다.

"왜 표정이 그따위야?"

누나가 짜증 난다는 듯이 말했다. 난 멍청하게 눈만 깜빡거리다가 간신히 한마디 했다.

"요즘 사립고는 시험도 안 보고 학생 뽑는대? 난 시험도 뭣도 안 쳤는데 무슨 입학 안내서가 날아와?"

"그 학교에 저소득층 가정을 위한 제도가 있대. 소득을 보고 10명을 뽑는다더라. 부모님도 안 계시고, 소득이야 굳이 서류 안 떼 봐도 1순위일 거 아냐. 거기다 소년소녀가장은 학비가 50퍼센트나 면제란다."

나는 누나에게 차라리 예고에 원서를 내지 그랬냐며 잔뜩 빈정거렸다. 이 말도 안 되는 사태에 어떻게 반응해야 할지 몰라 나는 인상을 잔뜩 쓴 채로 책자를 뒤적였다. 음악 관련 클럽활동과 명성이 자자한 음악제 등을 소개한 페이지를 보자 화가 나기 시작했다. 차가운 물을 한 사발 끼얹은 것처럼 기분이 가라앉았다. 눈이 매섭게 치켜 올라갔다. 누나는 그런 날 무슨 방구석 빗자루 보듯 하면서 한마디 툭 던졌다.

"내가 전에 별 어쩌고 했던 말 생각나냐?"

그날의 낯설었던 누나를, 그 어울리지 않는 충고를 어떻게 잊을 수 있을까.

"니 인생에 대한 내 충고는 그게 마지막이야. 그리고 이건 널 위해서 내가 할 수 있는 마지막 배려야. 놀 만큼 놀아 보고 방황할 만큼 해 본 사람이 나야. 그 끝이 얼마나 허무한지 너도 봐서 알잖아. 니 그 잘난 재능이 아깝고, 내가 배알이 꼴려서 마지막으로 인심 쓴 거니까 잘 생각해 보고 결정해, 멍청아. 그리고 다시는 나한테 그따위로 건방진 눈 하지 말고. 이게 누나를 뭘로 보고…"

그리고 누나는 나를 쓱 훑어보았다. 그 눈이 무슨 감정을 담고 있는지 채 알기도 전에 누나는 일을 나갔다. 난 멍하게 앉은 채로 날이 밝을 때까지 누나의 충고를 곱씹었다. 그리고 결국 등록 마지막 날에 한음고 입학을 선택했다.

입학식을 치르고 나서 얼마 후, 나는 왜 누나가 날 이곳에 보냈는지 알 수 있었다. 아르바이트를 하느라 바빴고, 클럽활동 참가비가 없어서 피아노는커녕 음악실조차 드나들기 힘들었지만 일반고에 비해 음악 하는 애들이 월등히 많은 이 학교의 분위기나 성대하게 치르는 음악제는 내 가슴을 점점 달아오르게 만들었다.

아름답기 그지없는 피아노는 날이 갈수록 가슴을 들쑤셨다. 그제야 난 깨달았다. '나는 피아노를 버리고서는 절대로 행복할 수 없다.' 그것을 안 순간, 오히려 사는 게 쉬워졌다. 먹고살려고 뛰는 알바, 그리고 내가 사랑하는 피아노. 내 인생에서 중요한 건 이 두 가지뿐이었다. 나는 언젠가 올 기회를 기다리며 현재에 집중했다. 그리고 예상치 못한 순간에 기회는 마치 제 짝을 찾아가는 새처럼 내 곁으로 찾아왔다.

가을 음악제로 학교가 시끄러웠다. 경쟁률은 이전보다도 훨씬 치열했고, 아이들은 모두 꿈에 부풀어 있었다. 그리고 나는 오디션에 합격했다. 난 처음으로 전문적인 지도를 받으며 피아노를 연습했다. 더 이상 몰래 음악실에 숨어들어서 피아노를 치지 않아도 되었다. 적어도 학교에서만큼은 마음껏 피아노에 집중할 수 있었다. 오래전, 처음 피아노를 만났던 때만큼 나는 즐거웠다.

그러나 인생은 전혀 예상치 못했던 곳에 또 하나의 불행을 준비해 놓고 있었다. 뮤지컬을 보던 그날, 나는 다시 한 번 삶으로부터 강력한 펀치를 얻어맞았다.

갑작스러운 전화는 라이브 카페 사장님에게 걸려 온 것이었다. 사장님의 목소리가 심상치 않았다. 빨리 카페로 와 달라고, 누나가 아프다고 소리치는 목소리에는 다급함이 담겨 있었다. 나는 혜영이와 수지를 내버려 두고 누나에게로 달려갔다.

누나는 황망한 얼굴을 하고 있었다. 눈은 빛을 잃었고, 온몸에 힘이 다 빠져나간 모습이었다. 마치 오래전 엄마를 보듯. 방에는 누나의 분노가 가득했다. 몇 개 되지 않는 물건들을 던져 박살을 내놓은 것이다. 그런 누나에게 어떤 말도 할 수 없었다. 누나가 입을 열었다.

"그 새끼 PD가 아니더라."

"누나."

"하하. 내 주제에 이제 와서 무슨 가수를 하겠다고. 내가 천하에 미련한 년이다. 미련한 년이야."

누나의 표정이 너무도 처연했다. 누나의 손에는 구겨진 명함이 마치 부서진 누군가의 마음처럼 볼품없는 모양새로 들려 있었다.

그 명함의 주인이 라이브 카페에 드나들던 즈음을 기억한다. 서너 달 전이었다. 늘 시니컬하기만 하던 누나의 얼굴에 즐거운 기색이 비쳐서 나는 은근슬쩍 누나를 떠보았다.

"뭐 기분 좋은 일 있어?"

"내가 뭘."

누나는 무심하게 대꾸했다. 그러나 잠시 후 누나는 입이 근질거려서 못 견디겠다는 표정으로 이야기를 늘어놓았다.

"어제 카페에 음악방송 PD가 왔어. 내 무대를 보더니 노래에 성악 느낌이 있어서 좋다는 거야."

이렇게 들뜬 누나의 모습을 보기는 쉽지 않았다. 누나의 얼굴에 오랜만에 홍조가 올랐다.

"자기가 하는 프로랑 어울릴 것 같다고 나중에 한번 보재."

나 어쩌면 아직 기회가 있는 걸지도 몰라, 하고 흥분하던 목소리와 발그레한 뺨이 선명하게 기억난다. 누나는 들떠서는 그 사람에게 날 소개하기까지 했다. 말끔하게 차려입은 그 손님의 모양새는 꼭 PD 느낌은 아니었지만, 서글서글하니 웃는 낯은 꽤 믿음직스러웠다.

그는 무대에 올릴 무명 가수를 찾고 있다며 넌지시 누나를 꼬셨다. 그 말이 누나의 가슴을 들뜨게 했을 것이다. 누나는 그 손님과 밖에서도 만났다. 자꾸 술집으로 부르는 게 미심쩍기는 했지만, 누나는 부담스러운 상황을 요령 있게 피해 다니며 남자를 만났다.

그러나 그건 마치 한여름밤의 꿈처럼 한순간에 물거품이 되어 사라졌다. 전화번호를 가르쳐 주지 않는 남자의 태도에 오히려 더 장난스러운 기분이 들어서 누나가 슬쩍 명함을 빼낸 것이 시초였다.

누나의 절망이 얼마나 컸을까. 원래 거의 다 포기했을 때 미끼를 던지면 더욱 간절해지는 법이다. 그래서 누나는 그렇게 크게 앓아누웠던 것이다.

창백한 얼굴로 병원에 누워 있는 누나를 보면서 몹시도 가슴이 아팠다. 의사는 마음의 병이 더 심각하다고 했다. 누난 여전히 괄괄한 어투로 "니 주제에 누굴 걱정해? 난 괜찮으니까 학교나 가" 하고 얘기했지만, 얼굴은 이루 말할 수 없을 만큼 수척했다. 난 부정하고 싶었지만 그래도 인정해야 했다. 엄마와 아빠에 이어, 이번엔 누나가 위험했다.

그래서 나는 학교에 갈 수 없었다. 피아노를 좋아하지만 현실은 현실이었다. 꿈만 먹고 살 수는 없는 노릇이었다. 나는 살 길을 찾아야 했다. 피아노는 사치였다. 대신 돈이 필요했다. 학교에 가지 않고 닥치는 대로 아르바이트를 한 건 그 때문이었다.

어느 날 공사장 곁을 스쳐 지나가는 '그 손님'을 봤다. 말끔한 차림에 사람 좋아 보이는 웃는 낯, 작달막한 키와 반듯하게 빗어 넘긴 머리 스타일까지 모두 그대로였다. 순간, 온몸에 불쾌한 전류가 흘렀다. 나는 분노에 휩싸여서 주먹을 휘둘렀다. 가슴은 예전에 잠시 방황하던 그때처럼 답답하고 암울했다. 현실이 너무나 무거웠다. 피아노가 사무치게 그리웠지만 학교로 돌아갈 수는 없었다. 피아노 앞에 앉을 수가 없었다. 솔직히 말하면, 어떻게 해야 할지 몰랐다.

꿈과 현실의 간격은 이런 것이다. 이렇게 사람을 괴롭게 만드는 것이다. 혜영이와 박하의 눈가가 축축해졌다. 혜영이는 할 수만 있다면 제 눈물보다도 박하의 눈물을 닦아 주고 싶었지만, 그랬다간 박하가 그대로 부서져 버릴 것 같아서 할 수 없었다. 박하는 혜영이와 수지의 얼굴을 한동안 보다가 괴로운 듯 자리를 박차고 일어났다. 혜영이가 황급히 손을 뻗었다. 손가락이 박하의 옷 소매를 살짝 스쳤다.

"피아노도, 음악제도 포기하지 마! 너한테 그건 기회야!"

혜영이가 말했다.

"누나가 병원에 누워 있어. 피아노는 몰라도 음악제는 어쩔 수 없어."

깊이를 알 수 없는 한숨이 박하의 작은 입술에서 새어 나왔다.

그렇지 않다고. 너는 그 기회를 잡아야 한다고 소리치고 싶었다. 그러나 박하가 어떤 상황에 처해 있는지를 들은 혜영이는 그런 소리를 할 수 없었다. 분한 듯이, 슬픈 듯이 입술을 깨무는 혜영이의 손 위로 수지의 손이 올라왔다. 어느 순간부터 수지에게도 박하는 친구였다.

힘을 꽉 주는 수지의 손과 당장 사라질 것 같은 박하의 등 때문에 혜영이는 마음이 급해졌다.

"우리가 도와줄게! 음악제 나올 수 있게 우리가 도와준다고!"

하지만 박하는 혜영이의 말을 듣지 못한 것처럼 카페를 나섰다. 덩그러니 남겨진 혜영이와 수지는 멍하니 굳어 있다가 자신들을 쳐다보는 사람들의 시선에 민망해져서 황급히 밖으로 나왔다.

집으로 향하는 동안 둘은 그 어떤 말도 쉽게 꺼낼 수가 없었다. 박하에게 그런 사정이 있으리라고 누가 상상이나 했겠는가. 사정을 알고 나니, 박하에 대한 안타까움이 치솟아서 가슴이 먹먹했다.
"너 어쩌자고 그런 소릴 했냐."
결국 수지가 먼저 입을 열었다. 목소리가 깊이 가라앉아 있었다.
"뭐가?"
"도와주네 어쩌네 했잖아."
"도와줄 거야."
"무슨 수로?"
수지가 발끝으로 땅을 툭, 차며 물었다. 멀리서 수지네 방향으로 가는 버스가 오는 게 보였다.
"가뜩이나 힘든 애한테 왜 쓸데없는 기대를 심어 주느냐고."
버스가 신호에 걸렸다. 수지는 계속 혜영이를 나무랐다. 잠자코 듣고 있던 혜영이가 수지의 가슴팍에 DVD를 확 밀며 말했다.
"그럼 그냥 가게 둬? 걔한테 음악제는 기회야! 쓸데없는 기대나 심어 주자고 얘기한 거 아니거든?"
수지는 쏘아붙이는 혜영이의 태도에 놀라, 눈만 끔뻑였다. 혜영이는 울화통이 터진다는 듯이 가슴을 쾅쾅 내리쳤다.
"솔직히 말해 봐. 박하, 재능 있는 거 아냐? 응? 자기 누나한테 어설프게 배웠을 피아노를 혼자서 저만큼 발전시켰어. 자기 혼자 악보 보고, 노래 듣고 친다고. 난 음악 잘 모르지만 박하가 너만큼은 아니 어쩌면 너보다 더 잘 칠 수 있다는 건 알아! 나는… 나는…."

눈물이 차오르고 숨이 가빴다. 그저, 그저 쏟아내는 것 말고는 아무것도 할 수가 없었다.

"난 그 애가 치는 피아노를 듣고 있으면 미칠 것 같아. 난 그래. 넌 안 그래? 그 애가 세상을 다 가진 기분으로 건반을 두드린다는 거, 니가 더 잘 알 거 아니야!"

수지는 말없이 입술만 달싹였다. 버스가 곁을 스쳐 지나갔다. 수지는 박하의 연주를 떠올렸다. 음표 하나하나를 놀라울 정도로 정확하게 연주하는가 싶다가도, 교묘하게 음을 바꾸어 버리는 연주. 혜영이의 말대로 그 애의 피아노는 재능이라는 말로밖엔 설명할 수 없다. 그러나 가장 놀라운 건 피아노를 칠 때면 나타나는 그 아이의 생기였다. 건반을 누를 때마다 재미있어 죽겠다는 듯이 빛나는 그 눈은 누구도 흉내 낼 수 없고, 재능을 뛰어넘는 그 애의 특별함이었다.

"그래. 나도 걔가 재능 있는 거 알아. 하지만 이건 함부로 끼어들 수 없는 문제라고. 박하 상황 다 알면서 우리가 어떻게 함부로 충고하고, 어떻게 함부로 떠들어 댈 수 있겠어. 어떻게 그 애더러 음악제에 나오라고 고집을 부릴 수 있겠느냔 말이야. 아무리 그게 걔한테 기회라고 해도, 우리가 이래라저래라 할 수 있는 문제가 아냐."

돌연 말문이 막힌 듯 혜영이는 입을 다물었다. 새까만 눈동자에 어리는 슬픔의 빛을 읽어 낸 수지도 더는 말이 없었다. 잠시 후, 버스가 올 때까지 둘은 입을 다물고 있었다. 수지가 버스에 올라타기 직전에야 혜영이는 자신 없는 목소리로 말했다.

"내가 도와줄 수 있어. 도와줄 거야."

수지는 아무 말도 하지 않았다.

수지를 태운 버스가 떠났다. 박하 앞에서는 차마 흘릴 수 없었던 눈물이 방울방울 떨어지기 시작했다. 누군가는 뭐 그리 유난이냐고 할지도 모르겠다. 하지만 아직 열아홉인 혜영이의 마음은 슬퍼서 견딜 수가 없었다.

혜영이와 박하는 생각한다. 나의 미래, 우리의 행복을 찾는 게 왜 그리 어려운지 모르겠다고. 너무 어려워서 눈물이 다 난다고.

혜영이와 수지가 다시 만난 건 이틀 뒤, 학교 앞 분식집에서였다. 박하를 만나고 온 날, 언성을 높였던 일 때문에 둘 사이에 어색한 기류가 흘렀다. 혜영이는 공연히 손끝을 만지작거렸고 수지는 헛기침을 했다. 결국 먼저 운을 뗀 건 이런 답답한 상황을 못 견디는 최수지. 수지는 태연한 척 떡볶이를 집어 먹으며, DVD 사 들고 간 날 엄마한테 들켜서 엄청 깨졌다며 말문을 열었다. 수지의 용기에 혜영이의 마음도 스르르 풀렸다. 그때부터 둘은 이틀 동안 떨지 못했던 수다를 몽땅 풀어 놓았다.

혜영이와 엄마는 아직도 매일 전쟁을 치르고 있다. 그리고 오늘 드디어 엄마는 뮤지컬 대본까지만이라며 못을 박았다. 앞으로 갈 길이 멀지만, 둘은 절반의 승리를 자축하며 콜라로 건배를 했다.

"야, 근데 박하 도와준다던 건 어떻게 돼 가고 있어?"

수지가 물었다. 그렇지 않아도 오늘 그 얘기를 하려고 했다. 혜영이는 단짝의 눈치를 슬금슬금 살피며, 두툼한 봉투를 꺼내 놓았다.

"이게 뭐냐?"

수지가 떡볶이를 우물거리며 물었다. 긴장한 낯빛으로 입술을 잘근거리던 혜영이는 수지의 손을 슬그머니 잡았다.

"나 이걸로 박하 도와주려고…."

수지는 얼이 빠진 얼굴로 혜영이를 쳐다보았다. 사랑에 눈이 멀면 바보가 된다더니 이 계집애는 그 수준을 넘어서 미친년이 되어 버린 게 틀림없다. 수지는 혜영이의 이마를 찰싹 때렸다.

"미친것."

중학생 때부터 차곡차곡 모아 온 세뱃돈과 용돈이었다. 사실은 대학생 때까지 열심히 모아서 300만 원을 채우면 유럽 여행을 다녀올 작정이었다. 그런데 그런 돈을 한두 푼도 아니고 100만 원씩이나 풀어서 남을 도와준다는 건 상식적인 일은 아니었다. 하지만 이 방법 외에 박하를 도울 길이 딱히 생각나지 않았다.

"넌 박하가 불쌍하지도 않아?"

"난 내가 더 불쌍해."

수지는 낄낄 웃기까지 했다. 혜영이는 "인정머리라곤 없는 년" 하고 중얼거리고는 봉투를 가방에 넣었다. 칭찬을 받을 거라고는 생각 안 했지만, 미쳤다는 소리까지 들을 줄은 몰랐다. 미친 걸로 치면 길이 확실히 보장된 피아노를 버리고 연기를 선택한 최수지가 더하지 않을까.

"일단 한번 들어나 보자. 그걸로 뭘 어떻게 할 건데?"

"100만 원이면 병원비든 생활비든 뭐든 간에 도움이 되지 않겠냐?"

"근데 어떻게 주려고? 걔가 준다고 받을 애냐."

그게 문제였다. 박하가 절대로 돈을 쉽게 받을 리 없었다.

"바보야, 돈 100만 원 가지고 해결될 문제가 아니야."

수지는 고민에 빠져든 혜영이를 보며 혀를 찼다.

"무슨 일이 있어도 박하를 음악제에 서게 만들 거야."

그 말에는 비장함까지 묻어났다. 혜영이는 환경에도 성적에도 구애받지 않고 그냥 내달리는 그 애의 방식이 옳다는 걸 증명하고 싶었다.

혜영이는 수지와 헤어지고 나서도 박하에게 돈을 어떻게 줄지 고민하느라 여념이 없었다. 엄마는 밥상머리에서 멍하니 딴생각을 하는 혜영이의 머리를 콩, 때렸다.

"밥상 앞에서 뭐 하니?"

혜영이는 무뚝뚝한 얼굴로 반찬을 꺼내 놓는 엄마를 보며 문득 궁금해졌다. 엄마가 사는 세상은, 어른들이 사는 세상은 어떤 모양일까? 어른들은 대체 어떤 세상에서 살기에, 꿈을 꾸는 사람을 구제할 길 없는 몽상가로 여기는 걸까?

"엄마, 엄마가 사는 세상은 어때?"

엄마는 뭐 그리 실없는 질문을 하냐는 듯 눈썹을 확 찡그렸다. 아빠는 신문을 읽다 말고 놀란 눈을 했다. 뒤쪽으로 젖혀진 신문의 타이틀 중 하나는 '내 아이의 말, 유심히 들으면 자살 막을 수 있다'였다. 나는 달걀 프라이를 젓가락으로 뒤적이며 아무렇지 않은 듯 다시 물었다.

"엄마가 사는 세상이 어떠냐고요."

엄마는 흐음, 하고 숨을 들이켰다.

"어렵지. 힘들고. 너도 조금만 더 크면 알게 될 거야."

그렇게 말하는 엄마는 어디서나 흔히 볼 수 있는 한국 주부의 모습이었다. 눈에는 제 자식의 평안함을 소원하는 마음이 담겨 있었고 살짝 찡그린 이마에는 제멋대로 구는 아이에 대한 걱정이 흐릿하게 떠올랐다. 다물린 입술은 '네가 가는 길이 얼마나 위험한지 모르는구나' 하고 책망하는 듯했다.

"뭐가 그렇게 어렵고 힘든데?"

엄마는 픽, 하고 바람 빠지는 웃음소리를 냈다.

"세금에 니 교육에 들어가는 돈에, 생활비에, 앞으로 너 대학 보낼 돈 계산하면 사는 게 얼마나 빠듯한 줄 아니? 너 하나니까 그나마 다행이지. 애들이 둘, 셋씩 돼 봐라. 사는 게 사는 게 아닐 거다. 엄마가 사는 세상? 등골 휘는 세상이야. 노파심에 하는 괜한 소리가 아니고 실제로 그렇다고, 세상이. 그러니까 너도 군소리 말고 공부 열심히 해서 약사나 되란 말이야. 돈이 있어야 좀 덜 힘들지."

밥을 꾸역꾸역 밀어 넣던 혜영이가 갑자기 고개를 들고 엄마를 빤히 보았다. 엄마는 그 곧은 시선이 불편했는지, 곧 멋쩍게 웃으며 고개를 돌렸다.

"엄마, 그럼 돈이 많으면 행복해?"

생선뼈를 바르던 엄마의 손이 멈췄다.

"가족이 있고, 친구가 있고, 돈이 많으면 행복하지."

"그럼 엄마는 행복해?"

"왜, 안 행복해 보여? 그건 니가 속을 썩이니까 그런 거고."

엄마는 말없이 젓가락질을 했다. 아빠는 묘한 얼굴로 혜영이를 가만히 쳐다보았다. 어색하고, 조용하고, 뭔가 찜찜한 저녁 시간이 지나가고 있었다.

다음 날, 혜영이는 수지에게 SOS를 치기로 했다. 혜영이는 수지의 용감함을 빌리고 싶었던 건지도 모른다. 혜영이는 배시시 웃더니 잽싸게 수지 옆구리 사이로 팔을 끼워 넣고 몸을 찰싹 붙였다.

"있잖아~ 우리 오늘 저녁에 거기 한번 가 볼까?"

"응? 어디?"

"그 왜… 박하가 산다는 그 카페…."

"미쳤냐? 거길 왜 가?"

수지가 버럭 소리를 질렀다.

"뭐 우리가 못 갈 데 가냐? 그냥 돈만 전해 주고 올 거야."

혜영이가 고심해서 내린 결론이었다. 그 카페에 찾아가서 거기 사장을 만날 것이다. 가게 안에 거처를 마련해 줄 정도로 박하네 사정을 딱하게 여기는 사람이니 자신의 선의도 잘 전달해 줄 것 같았다.

그러나 수지는 완고했다. 혜영이는 결국 혼자서라도 가서 전해 주고 오겠노라고 결정했다. 어려운 결정이었지만 박하를 원래 자리로 돌려놓을 수만 있다면 무섭지 않았다. 어쨌거나 박하는 엄마도, 선생님도 못 해 준 것을 해 주었다. 혜영이는 박하를 응원할 준비가 되어 있었다.

밤을 새 가며 쓴 장문의 편지와 거금이 든 가방을 메고 그 거리로 가는 일은 생각만큼 어렵지는 않았다. 땅거미가 지기 시작해서 어쩐지 으스스하기는 했지만 그럭저럭 괜찮았다. 혜영이는 수지에게 문자를 보냈다.

[억지 부려서 미안. 잘 전해 주고 올게. 속으로 기도라도 해 줘.]

답장은 오지 않았다. 혜영이는 어쩐지 쓸쓸한 마음으로 버스에서 내렸다. 두어 걸음 걷는데, 문득 뒤에서 누가 머리카락을 확 잡아당겼다. 악! 소리를 지르며 뒤를 돌아보자 최수지가 서 있었다.

"너, 너… 여기서 뭐 하냐?"

너무 놀란 나머지 어벙하게 말까지 더듬는 혜영이를 보고, 수지가 흥 하고 얄밉게 웃었다.

"나 같은 의리녀가 어떻게 이런 일에 빠지냐?"

최수지는 확실히 혜영이에게만큼은 의리가 넘치는 애였다. 둘은 천천히 어두운 골목으로 향했다. 골목은 좁고 지저분했다.

"여기 아니야?"

이쯤이다 싶었을 때 수지가 말했다. 지직 지직 하는 소리가 들렸다. 둘의 하얀 다리가 붉은 불빛으로 물들었다. 고개를 들자 빨간 네온사인이 보였다.

"응. 여기야."

아직 초저녁이라서 그런지 소란스럽거나 음악소리가 들린다거나 하지는 않았다. 둘은 부디 별일이 없기를 기대하며 입구에 슬그머니 발을 들였다.

카페는 지하에 있었다. 한 계단 한 계단 내려갈수록 술 냄새가 짙어졌다. 차갑고 눅눅한 벽을 더듬더듬 짚어가며 마침내 문 앞에 섰을 때, 혜영이는 바짝 얼어 있었다. 간신히 문을 미는데, 딸랑- 하는 소리가 너무 크게 울렸다.

라이브 카페는 이제 막 문을 열 준비를 하고 있었다. 중년의 여인이 바닥을 쓸고 있었다.

"저, 저기요…."

"오픈은 6시 30분부터…. 응?"

고개를 들던 여인이 혜영이와 수지를 발견하고는 의아한 얼굴을 했다.

"뭐야, 길 잘못 찾았니?"

"아, 아니요. 여기 찾아온 거 맞아요. 여기 사장님이세요?"

혜영이의 대답에 여인은 고개를 갸우뚱했다.

"그렇긴 한데…. 알바 하고 싶어서 온 거야?"

"그런 게 아니라요…."

혜영이는 가방에서 급하게 봉투를 꺼냈다.

"저, 저희는 박하 친군데요. 걔가 학교에 안 온 지 오래됐어요. 누나가 입원한 데다가 생활비가 급할 것 같은데…."

사장이 뭔가 아니꼬운 표정으로 삐딱하게 섰다.

"그래서?"

불쾌한 뉘앙스였다. 혜영이는 간신히 대답했다.

"저… 혹시 도움이 될까 해서요. 친구니까 어려울 때 돕는 건 당연한 일이고…."

점점 기어들어가던 혜영이의 목소리는 마침내 꺼져 버린 불꽃처럼 맥없이 사그라졌다. 사장은 쯧, 하고 가볍게 혀를 차더니 혜영이의 손에서 봉투를 낚아챘다. 그러곤 아무 말도 없이 돌아섰다. 혜영이는 박하에게 자신의 의도가 잘못 전해질지 모른다는 불안한 마음이 들었다.

"박하는 꼭 음악제에서 피아노를 쳐야 돼요!"

혜영이가 다급하고 울음기 있는 목소리로 외쳤다.

"우리가 처음으로 많은 사람들 앞에서 꿈을 보여 주는 무대예요. 전부 필사적으로 덤비고 있어요. 결과가 좋든 나쁘든, 우리가 성공을 하든 실패를 하든 이 무대는 중요해요. 그리고 박하는… 박하는 피아노를 정말로 좋아해요."

혜영이의 마지막 외침은 간절했다. 그 외침은 사장뿐 아니라, 자기 엄마와 수지의 엄마에게도 던지고 싶었던 것이었다.

사장은 천천히 몸을 돌렸다. 그러더니 대수롭지 않다는 투로 말했다.

"전해 줄게."

혜영이는 감사하다는 말을 몇 번이나 하고 라이브 카페를 나왔다.

아무래도 생각보다 훨씬 더 많이 긴장했던 것 같다. 다리에 힘이 풀렸다. 혜영이는 수지의 팔을 꽉 붙들었다. 집으로 돌아가는 길에 혜영이는 수지에게 몇 번이나 물었다.

"박하가 올까?"

수지는 매번 "글쎄…" 하고 말끝을 흐렸다.

혜영이가 유한민에게 연락을 받은 건 라이브 카페까지 찾아가서 사장에게 봉투를 전해 주고 온 날로부터 일주일쯤 지났을 무렵이었다. 혜영이는 음악제 연습이 끝난 수지와 함께 공부를 하고 있었다. 물론 바닥에는 공부를 하는 중간 중간마다 휴식이라는 명목 하에 끼적여 놓은 소설 원고들이 널려 있었다.

연기에 대한 기본기가 부족한 수지는 연극영화과로 1, 2위를 다투는 대학에 들어가고야 말겠다는 목표를 세우고 오랜만에 아주 놀라운 집중력을 보여 주던 참이었다. 혜영이도 얌전히 공부를 했다. 집중력이 최대로 올라갔을 즈음에 휴대폰이 윙- 하고 울어 댔다.

액정에 뜬 '유한민 선생님'이라는 글자를 보고 수지가 자기가 받겠다며 마구 손을 뻗었지만, 혜영이가 재빠르게 휴대폰을 들었다.

"네, 선생님. 어쩐 일이세요?"

유한민은 곤란한 기색으로 지금 학교에 좀 올 수 있느냐고 물었다. 혜영이는 조심스럽게 말끝을 흐리며 수지를 보았다. 수지는 당연히 가야 한다는 듯이 고개를 마구 끄덕였다.

"30분쯤 걸릴 것 같아요. 강당으로 갈까요?"

유한민은 강당에서 기다리겠다고 했다.

혜영이와 수지가 학교에 도착할 즈음 보충학습을 마친 학생들이 우르르 몰려나오고 있었다. 학생들이 빠져나간 학교는 조금 쓸쓸해 보였다. 강당도 텅 비어 있었다. 커다란 피아노가 유독 눈에 들어오는 맨 첫 줄에 유한민이 덩그러니 앉아 있을 뿐이었다.

"선생님, 저 왔어요."

"어, 그래. 이리 와서 앉아라. 수지도 같이 왔구나?"

강당 조명이 어두운 탓인지, 유한민의 안색이 흐릿하고 어두워 보였다. 유한민은 혜영이를 옆자리에 앉게 하고 수지를 힐끔 쳐다보았다.

"어, 선생님 저는 나가 있을까요?"

최수지는 선생님이 먼저 나가라고 하기 전에 잽싸게 물었다. 유한민은 미안한 듯이 웃으며 고개를 끄덕였다. 혜영이는 수지에게 이럴 거였으면 뭐 하러 그렇게 끈질기게 따라왔냐고 따지고 싶었지만, 최수지는 오로지 선생님에게 예쁘게 보이는 것만이 목적인 듯 다소곳한 태도로 강당을 나섰다. 유한민은 혜영이의 눈을 빤히 쳐다보았다.

"왜, 왜 그러세요?"

그 복잡 미묘한 시선과 불편한 침묵을 견디지 못하고 혜영이가 물었다. 유한민은 작게 한숨을 쉬고 나서야 입을 열었다.

"박하가 왔었어."

두근. 심장이 울렸다.

머릿속에서는 질문거리들이 떠올랐다. '개 밥은 먹고 다닌대요?', '누나는 좀 괜찮대요?', '학교는 다시 나오겠대요?' 등등. 그러나 혜영이는 무엇 하나도 묻지 못하고 입술만 움찔거렸다.

유한민은 그런 혜영이를 잠자코 보고 있다가 혜영이에게 무언가를 건넸다. 손때가 꼬질꼬질 묻은 하얀 봉투였다.

"그건…."

"박하가 가져온 거야."

혜영이는 순간적으로 싸늘한 한기를 느꼈다. 혜영이는 봉투를 받아들었다.

어째서 너는….

머릿속에서 하나의 문장이 완성되기도 전에 눈물이 뚝 떨어졌다. 자존심이 상하기도 했고, 혹시 그 애가 상처를 받았을까 두렵기도 했다. 그러나 무엇보다도 무서운 건 이대로 박하를 영영 보지 못할지도 모른다는 것과 그 애가 음악제에서 피아노를 치지 못하게 될지도 모른다는 사실이었다.

유한민은 어렴풋하게나마 혜영이와 박하 사이에서 어떠한 일이 벌어졌는지 짐작은 하고 있었다. 그러나 그가 짐작했던 건 풋풋하고 귀여운 마음이었지, 이 둘이 서로의 꿈을 각별한 마음으로 응원하고 있다는 건 전혀 몰랐다. 애석한 일이지만 이 땅의 열아홉 살은 꿈보단 대학 정보를 더 많이 공유하는 생물이니까. 그래서 유한민은 박하가 가지고 온 돈 봉투나 혜영이의 눈물이 당황스러웠다.

혜영이가 안정을 되찾은 건 밖에서 기다리다 못한 수지가 안으로 슬그머니 들어올 즈음에서였다. 유한민은 수지와 혜영이가 해 준 이야기를 듣고서야 (사실은 거의 모든 얘기를 수지가 했다) 왜 박하가 돈 봉투를 들고 와서 혜영이를 언급했는지 알 수 있었다.

박하는 유한민을 찾아와 봉투를 내밀었다. 얼빠진 얼굴로 봉투를 받아드는데, 그 아이의 시선이 슬쩍 피아노로 향했다. 혜영이와 수지의 이야기를 듣고 나서 생각해 보니 그때 박하가 얼마나 피아노를 치고 싶었을지, 얼마나 괴로웠을지 짐작이 되었다. 참 사연 많은 제자다.

유한민은 집으로 가는 내내 체한 것처럼 가슴이 갑갑해서 운전에 집중을 할 수가 없었다. 침울한 얼굴로 봉투를 내밀고 돌아서던 박하가 마음에 걸렸다. 유한민은 신호가 걸린 틈을 타서 핸들에 이마를 기댔다. 코끝이 조금 찡했다.

밤 11시, 혜영이는 고단한 몸을 끌고 현관문을 열었다.
"너!"
엄마의 흥분한 얼굴이 빽 소리를 질렀다. 엄마의 얼굴은 모욕감과 배신감으로 무섭게 일그러져 있었다.
"너, 약대 안 갈 거라며!"
"누구한테 들었어?"
"그게 중요해, 지금?"

차라리 잘됐다. 결국 터질 일이었으니까.

"너 정말 정신 못 차리지? 약대 안 가면 어쩔 건데? 글 같은 거나 쓰면서 찌질하게 살 거야?"

글 같은 거….

"내가 좋아하는 일이야. 깎아 내리지 마."

"뭐? 얘가 지금 어디서 바락바락 달려 들어? 그리고 공부 너 좋자고 하지, 나 좋자고 하니?"

그 순간 혜영이의 가슴에서 천불이 일었다. 혜영이는 고개를 바짝 치켜들고 눈을 부릅떴다. 눈에는 이미 눈물이 그렁그렁했다. 공부를 나 좋자고 한다고? 나는 태어나서 단 한 번도 나 좋자고 공부를 해 본 적이 없다.

혜영이는 입술을 잘근잘근 깨물었다. 엄마는 점점 붉어지는 혜영이의 입술과 습기가 더해지는 눈을 믿을 수 없다는 표정으로 쳐다보았다.

"너, 너… 지금 니가 잘했다는 거야?"

어이없다는 엄마의 얼굴. 그것이 혜영이를 폭발시켰다. 혜영이는 의자를 확 젖히고 일어나서 소리를 질렀다.

"나 좋으라고 하는 공부? 엄마가 어떻게 그런 소릴 해! 난 이때까지 엄마, 아빠 기분 맞추려고 공부했어. 내가 언제 약사 되고 싶다고 한 적 있어? 왜 엄마가 생각하고 싶은 대로 나를 마음대로 주물러 대느냐고!"

"뭐? 너 지금 뭐라고 했어!"

"약대 가기 싫어! 약사 안 할 거라고! 내 인생이잖아. 내가 사는 거잖아! 자식이 부모 거야? 왜 엄마, 아빠 마음대로 그러냐고, 왜!"

눈물이 뚝뚝 떨어졌다. 시야가 엉망이었지만, 배신감과 실망으로 바들거리는 엄마의 얼굴은 이상하리만치 선명했다. 바르르 떠는 엄마가 웃겼다. 혜영이는 엄마에게 몇 번이나 약대가 나와 어울리지 않는다고, 가고 싶지 않다고 했었다. 엄마에게 받아들일 마음이 조금이라도 있었다면 혜영이가 약대를 나와 편한 미래를 산다 해도 전혀 기쁘지 않으리란 걸 알 수 있었을 것이다.

"엄마, 나 약대 가더라도 자퇴할 거야. 아니면 미쳐 버리거나. 난 내가 제일 잘 알아!"

"너 지금 엄마 협박해? 아님 미쳤어? 정신 좀 차려! 요즘 취업하기가 얼마나 힘든 줄 몰라? 너처럼 하고 싶은 일 하겠다고 몰려 나간 것들이 결국은 공무원 시험이나 준비하고 앉아 있어. 이게 니 얘기가 아닌 것 같지? 내가 순옥이 아들 얘기 또 해야겠니?"

엄마 친구 순옥이 아들. 엄마는 그 사람을 나이 서른에 공무원 시험이나 준비하는 장래 없는 사람이라고 비난했고, 여태 애인도 없이 이런저런 알바와 초라한 무대를 떠돈 실패한 인생이라고 나무랐다. 그 지경이 되어서 공무원 시험을 준비하면서도 음악할 기회를 노리고 있으니 참기가 막힐 노릇이라고 했다. 그러나 순옥이 아줌마는 밝은 투로 "그래도 집에서 원조 안 받고 알바니 뭐니 뛰어 가면서도 안 죽고 살고 있잖니. 결혼을 하든 못 하든, 계속 고집을 부리다가 거지나부랭이가 되든 말든 그거야 지 책임이지 어쩌겠어. 얘, 자식은 그냥 자식이야. 그 애 인생은 그 애 거라고. 부모 게 아니란 말이야. 충고는 해 줄 수 있지만 선택과 책임은 그 아이 몫이야" 하고 말했다. 언젠가 거실 너머로 들려 오던 순옥이 아줌마의 목소리는 혜영이의 머릿속에 깊이 박혔다. 혜영이는 순옥이 아줌마의 아들을 비웃는 엄마가 참을 수 없이 창피했다. 젊었을 때 단 한 걸음도 뛰어 보지 못한 사람보다는 넘어진 사람이 차라리 낫다고 생각했다.

"나 돌았어, 엄마. 나 약대 안 가. 글이랑 관련된 과로 갈 거야. 스토리텔링이든 문예창작이든. 엄마가 그거 싫다고 하면 대학 안 갈게. 글은 그래도 쓸 수 있으니까. 나 절대로 약대 안 가. 못 가. 내쫓아도 상관없어. 그 정도는 이미 각오했어."

목소리는 작고 몹시 떨렸지만 그 소리는 엄마의 귀를 지나 심장에까지 꽂혔다. 혜영이는 이제야 비로소 목소리를 내는 기분이 들었다. 여태 상상해 오던 것을 입 밖에 내는 순간, 그것은 한결 더 무거운 책임감과 기필코 이루고야 말겠다는 다짐으로 다가왔다.

엄마는 도저히 못 참겠다는 표정으로 그 얘길 아직까지 하고 앉아 있느냐는 것부터 시작해서, 글은 대학에 가서도 쓸 수 있다는 둥, 작가로 벌어먹고 살려면 얼마나 힘든 줄 아냐는 둥의 이야기를 한참 늘어놓았다. 그러나 혜영이는 뜻을 굽히지 않았다. 설사 뒤늦게 공무원 시험을 준비한다고 해도 지금은 글을 공부하고 싶고, 글을 쓰고 싶으며, 글이 좋다.

엄마는 결국 혜영이의 어깨를 잡고 정신을 차리라는 듯 흔들어 댔다.
"너 진짜 왜 이래, 어! 내가 널 어떻게 키웠는데! 내가 널!"

엄마의 목소리에 물기가 흥건했다. 마음 같아서는 엄마를 끌어안고 엉엉 울고 싶었지만, 혜영이는 엄마의 손을 뿌리치고 집을 나섰다. 엄마는 "너 지금 나가면 다시는 못 들어올 줄 알아!" 하고 소리를 쳤다. 혜영이는 이를 악물고 집을 나왔다.

멋대로 뻗은 발이 이끈 곳은 공사장이었다. 혜영이는 뿌옇게 일어나는 모래 먼지를 멍하니 보다가 '안전제일'이라고 써 있는 표지판을 보고서야 자신이 어디에 있는지를 깨달았다.

벽돌을 나르던 박하를 여기서 처음 보았다. 흙먼지가 날리는 곳에서도 자신감이 넘치고 당당했던 그 애를 기억한다. 그 모습을 다시 보고 싶다.

혜영이는 기대와 걱정이 섞인 시선으로 주변을 휘 둘러보았다. 땀에 절어서 고함을 질러 대는 누군가의 아버지, 혹은 남편과 아들들. 그 중에 박하는 없었다. 되돌아온 봉투와 비어 있는 피아노를 생각하면 마음이 아팠다. 혜영이는 이제 그 애를 만날 수 없을 거라고 잠정적으로 결론을 지었다. 머리가 아찔했다. 자신이 비틀거리고 있다는 사실을 깨달은 건 자신을 강하게 붙든 뜨거운 손 때문이었다.

"어디 아파?"

박하는 혜영이를 다그쳤다.

"여기서 뭐 하는 거야?"

박하가 공사장으로 다시 돌아왔다. 그걸로 박하의 상황이 더 나빠졌는지, 아니면 좋아졌는지 짐작할 수는 없었지만 어쨌든 박하를 다시 만났다. 혜영이는 복받쳐 오르는 감정을 이기지 못하고 저도 모르게 박하를 와락 끌어안았다. 놀라 경직되는 그 아이의 몸과 끈적이는 땀이 마치 제 것인 것처럼 자연스럽게 느껴졌다.

"너 이제 학교 안 올 거야?"

박하는 이러지도 저러지도 못하고 혜영이의 등을 살짝 건드렸다.

"뭐, 뭐 하냐…."

박하의 목소리가 떨렸다. 혜영이는 대답을 듣기 전에는 절대로 놓지 않겠다는 듯 박하의 옷자락을 꽉 쥐었다. 그 아이의 가슴팍에 묻은 얼굴은 이미 시뻘겋게 달아올랐지만, 혜영이는 손을 풀지 않았다.

"대답해. 학교에 안 올 거야? 피아노 안 쳐?"

가느다란 한숨이 들린 것 같았다. 머리 위로 박하의 손이 툭, 올라왔다. 박하는 씁쓸한 목소리로 말했다.

"유한민 선생님 만났어."

"알아. 내 돈 돌려주러 학교에 왔었다며."

"아니, 어제 저녁에 선생님이 날 찾아왔어."

뭐라고?

동그랗게 뜬 혜영이의 눈과 박하의 눈이 마주쳤다. 박하가 흠, 흠 하고 헛기침을 하며 머쓱하게 고개를 돌렸다. 혜영이는 박하를 껴안았던 팔을 슬그머니 풀었다. 둘의 얼굴이 더위를 먹은 사람처럼 발갛게 물들었다. 어린 청춘들 사이로 어색하기 그지없는 적막이 흘렀다. 그들을 구경하고 있던 일꾼들이 히죽 히죽 개구진 웃음을 지으며 박하를 부르지 않았다면 혜영이는 숨도 쉴 수 없었을 것이다.

"이따 연락할게. 번호 좀…."

불안한 표정을 짓는 혜영이의 귀에 박하는 그렇게 속삭이고는 휴대폰을 건넸다. 번호를 찍는 혜영이의 손가락이 살짝 떨렸다.

"저녁에 연락해도 괜찮지?"

혜영이는 조용히 고개를 끄덕였다.

엄마의 눈초리가 너무도 사나워서 글 쓰는 공책을 접고, 수능 문제집을 폈지만 문제가 눈에 들어오지 않았다. 박하의 얼굴과 그 애의 피아노 소리가 온 감각을 지배하는 것만 같아서. 혜영이는 박하의 연락을 기다리며 애써 생물 개념정리를 읽었다. 간신히 문제에 집중하기 시작했을 즈음, 휴대폰이 울렸다. 액정에 뜨는 '박하'라는 이름을 잠시 음미하고 나서야 전화를 받았다.

"여, 여보세요."

[나야.]

"어… 일 끝났어?"

[응.]

휴대폰 너머로 차가 지나다니는 소리와 박하의 조용한 숨소리가 들렸다. 잠시 망설이는가 싶더니, 박하가 다시 입을 열었다.

[지금 나올 수 있어?]

"응? 어… 어어."

[저번에 우리 얘기했던 카페로 올래?]

혜영이는 침을 꼴깍 삼키며 고개를 끄덕거리다가 문득 이 모습을 박하가 볼 수 없다는 사실을 깨닫고 황급히 "응"하고 대답했다. 휴대폰 너머로 그 애가 작게 웃는 게 느껴졌다.

여름이지만 밤공기는 쌀쌀했다. 혜영이는 얇은 스웨터를 여미며 버스에 올랐다. 갑자기 나갔다 오겠다며 집을 나서는 혜영이를, 엄마는 사납게 노려보았다. 금방 돌아오겠다고 몇 번을 얘기했지만 엄마의 얼굴은 풀리지 않았다. 화가 난 엄마를 뒤로하고 혜영이는 집을 나섰다. 마음이 무거웠다. 하지만 혜영이는 지금 박하의 이야기를 들어야 했다.

박하는 문을 열고 들어오는 혜영이를 금세 발견했다. 편안하게 웃고 있었고, 혜영이는 어색한 미소로 받아 주었다.

둘은 자리에 앉아서 한동안 서로의 얼굴을 힐끔거리기만 했다. 잠시 후, 주문한 음료가 나오고 나서야 박하가 먼저 입을 열었다.

"너한테는… 미안하고 고맙다."

"정말 미안하고 고마우면 학교 다시 나와. 누나 병원비나 생활비는 내가… 도와줄게."

차마 박하의 눈을 쳐다보지 못하고 혜영이가 작게 중얼거렸다.

"음악제에서 피아노 쳐, 박하야. 넌 그래야 돼."

"김혜영."

딱딱하게 성까지 붙여서 이름을 부른 탓에 혜영이는 살짝 겁이 났다. 그 의중을 짐작할 수가 없어서 슬그머니 고개를 들었다. 다행히 혜영이를 보는 박하의 눈은 다정했고, 따뜻했다. 이전의 차가움은 찾아볼 수 없었다. 박하의 마음에 무슨 변화가 생긴 걸까. 편안하게 웃는 박하를 따라서 혜영이도 히죽, 웃었다.

"너랑 유한민 선생님을 만난 건 참 감사한 일이라고 생각해. 최수지도 고맙고."

박하는 커피를 한 모금 마시더니 본론에 들어가려는 듯 목소리를 낮췄다.

"누나가 있는 병원으로 유한민 선생님이 찾아왔어."

그날의 유한민은 평소와는 확실히 달라 보였다고 한다. 티셔츠는 땀으로 젖어 있었고, 표정은 비장했다. 박하를 찾기 위해 얼마나 많이 헤맸는지를 증명이라도 하듯이. 박하는 차분히 그날의 이야기를 들려주었다.

"선생님이 어쩐 일이세요?"

유한민 선생님은 대답 대신 내 앞으로 성큼 다가왔다. 자신의 양 팔뚝을 강하게 붙잡는 어른의 힘에 나는 조금 움찔했다.

"여기 있었구나."

"아… 네."

유한민 선생님은 나를 찾아 헤매다가 내가 사는 라이브 카페에까지 다녀왔다고 했다. 나는 유한민 선생님이 내가 사는 곳을 알게 된 게 몹시 불쾌했다. 내가 그런 데서 산다는 사실을 알게 된 사람들은 나를 가정사 복잡하고 더없이 불쌍한 소년으로 만들었기 때문이다.

"근데 절 왜…?"

꽤 오래 알바와 병 간호로 밤을 지새운 탓에 내 목소리가 갈라졌다. 선생님은 그런 내가 안쓰러운 듯 양손을 꽉 잡았다.

"우리 잠깐 얘기 좀 하자."

나는 아무 말 없이 선생님을 따랐다. 그는 병원 뒷문 쪽으로 나를 데려갔다. 선생님은 담배를 입에 물고 또 다른 한 대를 나에게 건넸다. 나는 하하, 하고 낮게 웃었다.

"저 담배 안 펴요."

그 또래의 남자아이들이 으레 그렇듯이 담배를 피우리라고 여겼던 거다.

"아, 그, 그래?"

"저희 아버지가 평생 담배를 빨아 댔어요. 아프리카로 훌쩍 떠나 버리신 지 꽤 됐는데 아직까지 연락이 없는 걸로 봐선 분명 폐암으로 돌아가셨을 거예요. 선생님도 빨리 끊으세요."

선생님은 씁쓸하게 웃으며 장초를 틱 버리더니 입을 열었다.

"학교 다시 나와라. 졸업장은 따야지."

"당장 먹고 살기 바쁜데 졸업장이 무슨 소용이에요? 피아노 치는 데 졸업장 필요하다고 누가 그래요? 졸업장은 좋은 대학, 좋은 직장 들어가려는 애들한테나 필요한 거죠."

"그럼 평생 알바나 하면서 살 거냐?"

"거야 살아 봐야 아는 거구요. 아무래도 좋아요, 전. 피아노만 칠 수 있으면…. 기회는 또 오겠죠."

"아니, 지금이 기회야. 너 오디션에 신청서 냈을 때부터 지금이 기회라고 생각했던 거 아니야? 기회는 아무 때나 오는 게 아니야."

"됐어요. 지금 당장 기회를 놓친다고 피아노를 끝낼 것도 아니고…. 알바 하면서 피아노 계속 치러 다닐 거예요."

선생님은 그런 내가 안타까웠는지 내 귀를 살짝 잡아당겼다.

"어이구, 이 녀석아."

나는 선생님을 올려다보았다.

"넌 그래도 괜찮냐?"

그때 내 눈이 흔들렸던 것 같다.

"이번 음악제에서 피아노를 치는 게 니가 아니어도 정말 괜찮아? 니 열정이 그것밖에 안 됐냐?"

나는 인상을 찌푸렸다.

"나, 오래전에 피아노를 완전히 빼앗겼다고 생각했던 때가 있었어. 그때 정말 힘들더라. 내 제자는, 넌 그런 비참함 느끼게 하고 싶지 않아."

그 말을 듣는데 정신이 번쩍 나는 것 같았다.

"언젠가, 언젠가 하다가는 피아노를 치고 싶어도 못 칠 때가 올지도 몰라. 내가 그랬거든. 그래서 소중한 걸 놓쳤지. 나는 니가 지금 피아노에 열중했으면 좋겠다. 생활비랑 누나 병원비는 당분간 내가 맡을게. 너, 인마 피아노 좋아하잖아."

선생님은 내 어깨를 툭 치더니 머리를 헝클었다.

나는 뭐라고 대답을 해야 할지 몰랐다. 혜영이의 돈을 받았을 때의 마음과 비슷했다. 당혹감과 고마움과 미안함. 그리고 수치심. 이 감정들이 마음을 사정없이 두드렸다.

선생님은 내 등을 토닥이며 말했다.

"순서를 정하자. 먼저 해야 하면서 중요한 일과 나중에 해도 되지만 중요한 일. 니가 아르바이트를 하는 건 그때의 상황에서 '먼저 해야 하면서 중요한 일'이었어. 피아노가 두 번째였고. 그러니까 '나중에 해도 되지만 중요한 일'이었지. 여태까지 잘해 왔어. 그런데 지금, 내가 너를 도와주겠다고 한 이 순간, 너한테 먼저 해야 하면서 가장 중요한 일은

'피아노'야. 안 그래?"

나는 대답하지 않았다. 대신 눈가에 설핏 매달려 있던 눈물방울이 후드득 떨어졌다. 나는 강한 척, 괜찮은 척, 밝은 척했지만, 사실 내 열아홉 마음은 그렇지 무디지 않았다. 사실 참 많이 아팠다.

"대신 병원비랑 학비 그거 공짜 아니야, 인마. 이게 바로 투자라는 거거든. 네 놈 가르쳐 보니 어느 정도 견적이 나와서 나도 투자 좀 해 보려고. 너 성공하면 다 받아 낼 거야. 아니, 나 그때까지 못 기다려. 무조건 스물다섯 살 넘어가면 갚기 시작해. 아, 참고로 난 손해 보는 장사는 안 하니까, 이자는 톡톡히 챙겨서 주고. 너 구두 약속이라고 우습게 보면 안 된다."

그날 나는 참 오래 울었고 선생님은 가만히 위로했다.

박하가 말을 마쳤을 때 커피는 다 식어 버렸고, 카페는 문을 닫을 준비를 하고 있었다. 혜영이는 시큰거리는 콧잔등을 손으로 비비며 박하를 쳐다보았다. 박하는 멋쩍은 듯이 웃었다.

아침부터 엄마가 혜영이의 신경을 건드렸다. 학교 독서실에 가려고 가방을 메는데, 엄마가 마음에 안 들어 죽겠다는 얼굴로 보고 있었다.
"왜요, 엄마?"
"너 진짜 약대 안 갈 거야?!"
역시, 또 그 소리다.
"그렇다고 했잖아."
단호한 대꾸에 엄마의 분노 게이지가 급하게 올라가고 있었다. 아침부터 싸우기 싫었던 혜영이는 급하게 말문을 막았다.
"나 지금 늦었으니까 갔다 와서 얘기해요."
문을 닫고 나오는데 기분이 영 찜찜했다. 매섭게 눈을 치뜨는 엄마가 밉기도 하고 한편으로는 죄송했다. 내가 좋아하고, 하고 싶은 걸 열심히 하다 보면 엄마도 내 마음을 알아줄 날이 오지 않을까. 혜영이는 막연한 희망을 품으며 학교로 향했다.

혜영이는 독서실에 가기 전에 강당에 먼저 들렀다. 아, 박하가 와 있었다. 쾌활한 표정으로 피아노 의자에 앉아 있었다. 수지는 그런 박하를 아니꼽다는 듯이 쳐다보았고, 아이들은 환영했다. 유한민은 흡족한 미소를 짓고 있었다.

꽤 오래 피아노를 치지 않았지만 박하의 손가락은 여전히 아름다운 소리를 만들어 냈다. 마치 단 한 번도 잊은 적이 없다는 듯이 악보를 멜로디로 그려 나갔다. 가만히 피아노 소리를 듣고 있던 최수지는 질렸다는 표정을 했다.

"쟤는 못 당하겠어."

모두의 가슴이 뿌듯하게 차올랐다. 비로소 뭔가 완벽해진 느낌이었다. 머지않은 마지막 연습과 당일 무대가 그 어느 때보다 기다려졌다. 각자의 가슴속에 설익은 푸른 꿈들이 무성하게 피어오르고 있었다. 혜영이는 처음 박하를 만났을 때의 그 기운 넘쳤던 얼굴을 기억해 냈다. 그때도 박하는 여전히 고단한 공사장 아르바이트생이었지만, 선명하고 밝은 에너지가 있었다. 혜영이는 그것의 정체가 뭘까 궁금했었다. 이제 와서 생각해 보면 그건 자기가 좋아하는 걸 알고 있는 데서 오는 자신감이었던 것 같다.

박하는 지금 멋지게 서 있다. 자기 삶을 그대로 받아들이면서 성장하고 있는 것이다. 그리고 그런 박하를 보는 혜영이까지도 조금씩 조금씩 자라고 있었다.

"정말 다행이야."

혜영이가 작은 소리로 중얼거렸다. 그 말을 들은 수지가 피식 웃었다.

음악제 연습이 끝나고 박하와 혜영이는 함께 학교를 나섰다. 눈치 빠른 최수지는 유한민 선생님과 면담을 하고 갈 테니까 오늘은 혼자 가라며 자리를 피해 주었다.

둘 사이에 조금 어색한 기류가 흘렀다. 마음에 켜켜이 쌓아 놓았던 짐이 덜어지자 그간의 일들이 민망하기도 했고, 유난을 떨었나 싶기도 했다. 특히 '돈 봉투 사건'만 생각하면 혜영이는 얼굴이 화끈거렸다.

박하와 혜영이는 경직된 그 분위기를 풀지 못하고 한참 동안이나 "오늘 날씨 진짜 좋다", "맞다, 맞다, 너 그거 봤어?" 하며 가까스로 이야기를 이어 나갔다.

박하의 발걸음이 차차 느려지기 시작한 것은 둘 모두에게 익숙한 공사장이 보일 무렵에서였다. 희뿌옇게 먼지가 이는 커다란 공사장이 가까워질수록 박하의 걸음은 느려졌다. 혜영이는 혹시 박하가 오늘도 공사장에서 아르바이트를 하는 건 아닌지 걱정이 되었다.

"오늘도 일해야 돼?"

"오늘은 아니고. 학교 나가려고 다른 알바 그만두고 이 일만 오후에 하는 걸로 했어."

"아, 안 하는 건 아니구나."

"당연하지. 선생님한테 신세 지고 마음 편하게 피아노만 칠 순 없잖아. 그리고 그거 다 갚아야 될 돈이거든. 이자까지 제대로 쳐서."

그렇게 말하는 박하의 얼굴은 어딘지 후련해 보였다. 박하는 공사장 바로 앞에서 걸음을 멈췄다. 그리고 잠시 공사장을 휙 둘러보았다. 혜영이가 보기에는 뿌연 모래 먼지와 회색 시멘트 그리고 무식할 정도로 단단해 보이는 붉은 벽돌 같은 것들밖에 없었지만 박하는 뭔가 다른 걸 보고 있는 것 같았다.

혜영이는 문득 박하가 왜 편한 일 다 마다하고 이런 힘든 일을 하는지 궁금해졌다. 잘못해서 손가락이라도 부러지면 큰일이 아닌가. 생각이 거기까지 이르자 혜영이는 가만히 있을 수가 없었다. 그녀는 박하가 벌써 다치기라도 한 듯 눈을 커다랗게 뜨고 다그치듯 물었다.

"박하야, 근데 왜 하필 공사장이야? 힘들잖아. 위험하기도 하고."

박하는 혜영이의 말을 제대로 이해하지 못한 것처럼 느릿하게 고개를 돌렸다.

"여기에 뭘 짓고 있는지 알아?"

동문서답. 혜영이가 눈살을 찌푸렸다.

"나야 모르지. 큰 공공기관이라도 들어서는 거 아니야?"

말투가 퉁명스러웠지만 박하는 개의치 않고 살짝 미소를 지었다.

"클래식 음악당이 들어선대. 가장 큰 홀에 엄청 멋진 피아노가 들어갈 거라고 하더라."

"클래식 음악당?"

"응. 여기서 벽돌 나르고 땅을 파고 시멘트를 나르다 보면 완성된 음악당이 머릿속에 그려져. 가장 큰 홀에서 연주하는 모습도 상상해 보고. 근사한 옷을 입고 콘서트를 여는 거야. 관중들은 다 내 피아노 소리에 매료되고 나는 세상에서 가장 행복한 사람이 되겠지.

그러니까 더 열심히 연습할 거야. 여기저기 오디션도 보고, 대회에도 나가고. 뭐든 해 보려고. 그래서 꼭 이 홀에서 연주할 거야. VIP석에 누나를 앉혀 놓고. 누나는 내 다음 순서로 공연을 하게 되겠지."

혜영이는 잠시 생각에 잠겼다. 나의 열아홉에 박하가 있어서 참 다행이다. 넌 참 아름답고, 넌 참 강하다. 무너질 듯 위태롭다가도 끝내는 웃으며 일어나는 네가 너무나 멋있다. 우리는 아플 수 있고 넘어질 수 있다는 것을, 그러나 그걸 두려워해서는 나아갈 수 없는 것을 난 널 통해서 보았다. 이제야 깨달았지만, 난 정말로 너 같은 사람이 되고 싶었던 거다. 넌 글을 쓰고 싶다고 소리치는 내 마음속의 또 다른 나였고 그래서 난 너에게 끌린 모양이다. 너의 피아노가 그토록 달콤하게 들렸던 것에는 틀림없이 그 이유도 있었을 것이다. 난 너에게 고마운 것이 참 많다.

갑자기 눈물이 나올 것 같아서 고개를 들었다. 그걸 보던 박하가 키득거렸고, 혜영이는 멋쩍게 웃었다. 곧 둘은 공사장을 벗어나서 근처 식당에 들어가 밥을 먹었고, 싱거운 농담을 하며 짧은 산책을 했다. 둘 사이에 어색함은 어느새 사라지고 없었다. 집으로 돌아갈 때가 되자 혜영이는 아쉬운 기색을 감추지 못했다. 박하는 그런 혜영이가 귀여웠는지 여동생 보듯 쳐다보았다.

그러더니 "아~ 알았어. 데려다 줄게" 하고 넉살좋게 웃었다. 혜영이는 당황해서 걸음을 멈췄다. 박하가 하하, 하고 웃으며 앞으로 걸어갔다. 혜영이의 얼굴이 새빨갛게 달아올랐다. 열 걸음 정도 앞서 가던 박하는 갑자기 뒤를 돌아 홍당무가 된 혜영이를 불렀다.

"뭐 해? 안 와?"

그제야 혜영이는 주춤주춤 걸음을 옮겼다. 박하는 환하게 웃으며 혜영이의 팔을 끌어당겼다. 혜영이의 집에 도착할 쯤 돼서는 혜영이의 팔을 이끌던 박하의 손이, 글을 쓰느라 굳은살이 박힌 혜영이의 손을 꼭 붙들고 있었다.

방학이 으레 그렇듯이 이번 여름방학도 순식간에 지나갔다. 2학기 초입, 고3의 복도는 우울하고 고단한 기운이 가득했다. 야자 시간, 화장실에서는 때때로 흐느끼는 소리가 들려왔다. 담임과의 상담은 늘었고, 학생들은 틈만 나면 대학 진학 정보를 찾았다. 책상에는 마음을 다잡을 수 있는 독한 내용의 글귀들이 (이를테면 '네 오늘은 누군가가 그토록 바라던 내일이다'나 '잠은 죽어서도 충분히 잘 수 있다' 같은) 잔뜩 새겨졌다. 수능 날이 멀지 않았다는 긴장감이 학교 곳곳에서 느껴졌다.

그러나 그럼에도 요 며칠 학교는 제법 소란한 편이었다. 교장은 교내 청결에 각별히 신경을 써야 한다며 학교를 한 바퀴 돌았고, 선생님들은 다른 때보다 유난을 떨며 학생들의 복장을 검사했다. 1층 중앙 현관 복도엔 열대우림에서 뽑아 온 듯한 커다란 식물들이 놓였고 층마다 그럴듯해 보이는 문학작품을 걸어 두었다. 코앞으로 다가온 음악제를 준비하는 것이다.

"온 학교가 난리구먼, 난리."

저녁을 먹던 수지가 식당에까지 출두한 교장을 보고 조용히 중얼거렸다. 별말이 없던 우형이도 동의한다는 듯 한숨을 쉬었다.

"그러게 말이다. 뭐 얼마나 대단한 사람이 온다고 저 지랄이야."

우형이가 드럼 스틱을 신경질적으로 두드리며 말했다. 그 옆에 앉아서 밥을 먹던 루시아가 입술을 삐죽였다.

"대학 교수들이 인재를 찾겠다고 온다잖아. 난 교장이 저러는 거 이해 가."

"아, 몰라몰라~~ 이럴수록 부담만 팍팍 는다!"

우형이의 말이 맞았다. 학교 친구들은 '어디 음악제 하나로 대학 갈 수 있나 보자'고 말하는 듯한 시선을 던졌고, 실제로 그런 식으로 얘기를 하는 아이들도 있었다. 특히 혜영이와 수지 같은 경우는 부모님의 반대 속에서 선택한 길이었기 때문에 압박감이 더욱 심했다. 혜영이의 무리 중에서 부담을 느끼지 않는 건 박하뿐인 것 같았다.

"연습 때처럼만 하면 문제없을 거야."

아니나 다를까 박하는 스트레스 때문에 밥도 제대로 먹지 못하는 다른 아이들과는 다르게 식판을 착실히 비워 나가며 말했다. 그러나 수지와 다른 아이들은 그 말에 별로 위로를 받지 못했다.

"근데 수지랑 혜영이 너희 부모님은 어쩌신대?"

루시아가 커다란 눈을 깜빡이며 물었다. 수지가 입속에 밥을 꾸역꾸역 밀어 넣으며 루시아를 쳐다보았다.

"뭘?"

"뭐긴 뭐야. 음악제 보러 오시느냐는 거지."

혜영이가 난감한 듯이 수저를 내려놓았고, 억지로 밥을 씹어 삼키던 수지는 미간을 확 찌푸렸다.

"에이 씨… 너는 밥 먹는데 그런 소릴 하냐?"
"이 계집애 또 성깔 부리는 거 봐. 걱정이 돼서 그런다."
"남이사. 니 일이나 잘하세요."
"하여튼 최수지~ 뭘 또 발끈하고 그러냐?"

모두가 꿈을 향해 달리고 있는 청춘들이긴 했지만, 고3의 불안함과 예민함은 감출 수 없었다. 모든 고3에겐 꼭 풀어야 할 자신만의 숙제가 있는 법이었다. 수능을 앞에 두고 어떻게든 방향을 선택해야 하는, 그리고 그 선택에 책임을 져야 하는 아이들에게, 미래는 조금 두려운 시간이었다.

아이들은 아무 말 없이 식판을 들고 일어났다. 등을 구부리고 밥을 먹는 다른 친구들이 눈에 들어온다. '힘들다. 죽고 싶다. 뭘 하고 있는지 모르겠다. 재수할까. 지방 대학은 가기 싫다'는 내용의 우울한 대화를 나누었고, 샤프심 때가 묻은 남학생의 손에는 단어장이 들려 있었다. 고3들의 눈은 시뻘겋게 실핏줄이 터져 있었고, 속눈썹에는 걱정이 매달려 있었다.

제일 앞서 가던 박하가 갑자기 몸을 돌리더니 씩 웃었다.
"그래도 난 하고 싶은 걸 해서 좋다."

박하의 말을 들은 아이들은 저도 모르게 슬그머니 입술을 씰룩였다.

그날 저녁, 야자를 끝내고 돌아가는 길에 수지와 혜영이는 닭꼬치를 하나씩 들고서 깔깔거리며 걸었다.

아직 아무것도 해 놓은 것 없는데, 사실 아직 막막하고 답답해서 어떻게 해야 할지 모르겠는데 이상하게 마음은 후련했다.

수지는 갑자기 멈춰 서더니 뮤지컬의 한 곡을 부르기 시작했다. 혜영이가 쓴 가사였다. "천천히 조금씩 자라고 싶어. 꿈이 있다면 언젠가는 저 하늘에 닿을 테니까."

혜영이의 가슴이 벅차올랐다. 수지도, 자신도, 아무도 모르는 사이에 열아홉을 아름답게 걸어가고 있는 것 같아서.

수지를 버스에 태워 보내고, 혜영이는 집까지 걸어가며 박하와 통화를 했다. 집 앞에서 혜영이는 잠시 걸음을 멈추고 눈을 감았다. 박하는 혜영이의 마음을 아는 듯이 아무런 말도 하지 않고 기다려 주었다. 그 애는 어느새 입으로 음을 짚어가며 피아노 멜로디를 들려주고 있었다. 혜영이의 마음에 결심이 섰다.

"있잖아, 나 오늘 부모님한테 음악제 마지막 무대 보러 오시라고 말할 거야."

휴대폰 너머로 박하가 흥얼거리는 멜로디가 잔잔하게 들려왔다.

"내가 엄마가 원하는 대로 살지 못하더라도 난 글을 쓸 거라고 다시 확실하게 말할 거야."

목소리가 가늘게 떨렸다. 박하는 혜영이를 응원하는 듯이 계속 멜로디를 허밍으로 불렀다. 혜영이의 가슴 한구석이 따뜻해졌다.

"고마워, 박하야. 내일 봐."

[알지? 난 처음 만났을 때부터 니 꿈 응원했던 거. 후회 없이 해 보자, 우리.]

"응."

전화를 끊고 엘리베이터를 기다리는 동안 혜영이는 작가가 된 자신의 모습과 음악당에서 피아노를 치는 박하의 모습, 그리고 잘나가는 배우가 된 수지를 상상했다.
　음악제는 앞으로 3일 남았다. 우리는 계속 성장하고 있다.

"박하 봤어?"

아이들이 바글거리는 대기실 안으로 간신히 비집고 들어간 혜영이가 제일 처음 한 말이었다. 아이들은 앞으로 한 시간 후면 시작될 역대 최대 규모의 음악제 때문에 바짝 얼어서 혜영이의 질문 따위는 귀에 들어오지도 않았다. 수지도 마지막으로 대본을 점검하느라 정신이 없어서 혜영이는 그냥 입을 다물고 수지 옆에 앉았다.

음악제에 참가하는 학생들은 모두 흥분 상태였고, 동시에 무척 긴장했다. 묵묵히 악기를 튜닝하고 목소리를 가다듬고, 몸을 풀고, 얼굴을 점검하기에 바빴다. 그런데 혜영이가 아무리 열심히 눈을 굴려도 박하는 보이지 않았다. 연락도 안 돼서 혜영이는 내심 걱정이 되었다.

"박하는?"

수지가 물었다. 혜영이는 가만히 고개를 저었다.

"끝까지 속을 썩여요."

"설마 늦기야 하겠어? 리허설은 어제 끝냈으니까 시간 맞춰 와도 상관없지."

"편들기는."

수지가 피식 웃었다.

사실 혜영이는 부모님에게 다시 한 번 자신의 꿈에 대한 의지와 마음을 표현한 그날 저녁부터 오늘 아침까지 적잖게 마음고생을 했다. 예상은 했지만 만만치 않았다. 엄마는 이 중요한 시기에 대체 왜 그러냐며 악을 썼고, 아버지는 의미를 알 수 없는 한숨을 쉬었다. 혜영이는 부모님 앞에 죄인이었고 마음이 무거웠다. 하지만 물러설 수 없었다. 어쨌거나 자신이 살아갈 인생이 아닌가. 혜영이는 더없이 강한 말투로 부모님에게, 특히 엄마에게 이렇게 말했다.

"때려 죽여도 난 글을 쓸 거예요. 그 정도 각오 안 했으면 시작도 안 했어."

혜영이가 차마 엄마를 쳐다보지 못하고 바닥으로 시선을 돌릴 때였다. '짝' 하는 매서운 소리와 함께 눈앞에서 불꽃이 터졌다. 몸이 비틀거렸다. 가슴속에서 참을 수 없는 억울함이 솟아올랐다. 그 억울함을 호소하기라도 하듯 엄마를 노려보았다.

"엄마, 지금…."

"넌 세상이 얼마나 힘들고 무서운지 몰라!"

엄마는 방금 전 딸의 뺨을 온 힘을 다해 때린 사람이라고는 도저히 생각할 수 없을 정도로 슬픈 목소리로 말했다.

"열정만 가지고 덤비기에 이 세상이 얼마나 독한지 넌 모르잖아! 엄마는 너보다 28년을 더 살았어. 나라고 꿈이 없었겠니? 나는 뭐 태어날 때부터 가정주부에 엄마였겠니? 나도 너처럼 그랬던 때가 있었어. 열정만 있으면 된다고 생각했던 때가. 근데 살아 보니까 아니더라."

엄마는 혜영이가 늘 안쓰럽게 생각했던 딱딱하게 뭉친 어깨를 바르르 떨었다. 주름진 이마로 흘러내린 머리카락 몇 가닥을 힘없이 쓸어 올리며 진이 빠진 듯한 기색으로 말을 잇는 모습은 처음 보는 엄마의 약한 모습이었다.

"질긴 열정 가지고 성공한 사람들 이야기가 왜 인기를 끄는지 아니? 별로 없으니까. 그렇게 성공한 사람들이 별로 없으니까 그런 거야. 똑같이 열정 가지고 덤볐다가 무너지는 사람들, 수도 없이 봤어. 돈 없어서 쩔쩔매고, 빚지고, 가족 고생시키고…. 좌절이 좌절을 낳는 그런 인생을 사는 사람들이 얼마나 많은지 알기나 해?"

혜영이는 귀를 틀어막고 싶었다. 엄마의 목소리가 꼭 공포 영화의 배경음악 같았다.

"난 니가 그렇게 될까 봐 겁이 나. 내 딸이, 너무 귀한 내 자식이 보란 듯이 대접받고 살지는 못할망정, 여기저기서 무시당하고 하루 벌어 하루 먹고살까 봐 무서워. 취업 못할까 봐, 아니면 겨우 들어간 코딱지만 한 회사에서 잡일이나 하다가 병까지 드는 그런 애가 내 딸이 되지는 않을까 걱정이 돼. 어떻게 엄마가 고생이 훤하게 보이는 길로 뛰어드는 자식을 안 말리겠니. 나중에 후회하지 말고, 지금 엄마 말 들어, 혜영아."

엄마는 절박한 눈을 하고 있었다. 어디에서나, 어느 엄마들에게서나 볼 수 있는…. 제 자식이 혹여 잘못될까 두려워하는 그런 눈. 혜영이는 엄마의 심정이 이해가 됐다. 그래서 가슴이 아팠다.

엄마는 대답 없는 딸을 더 이상 보지 않겠다는 듯 몸을 돌렸다. 어쩌면 엄마는 울고 있을지도 모른다.

"엄마. 그래도… 그래도 하고 싶은 걸 어떡해요."

말이 끝나기 무섭게 엄마는 눈물이 그렁한 얼굴로 혜영이를 쳐다보았다. 뭐라고 하고 싶은데 억지로 눌러 참는 기색이 역력했다.

입을 꾹 다문 채 인상만 쓰고 있던 아빠가 엄마의 어깨를 감쌌다. 아빠의 투박한 손이 엄마를 억지로 돌려세웠다.

"이제 그만하자."

"여보!"

엄마가 소리쳤지만 아빠는 고개를 저었다. 혜영이는 이미 모든 것을 결정한 얼굴을 하고 있었다. 아무리 딸이라고 해도 고집을 꺾지 않을 것이란 사실이 분명했다. 눈앞의 혜영이는 어릴 적, 살짝 넘어지기만 해도 울음을 터뜨리며 품으로 뛰어 들어오던 어린 딸이 아니었다.

"다 각오하고 하겠다는 걸 무슨 수로 말려. 넘어져도 자기 탓이고 아파도 자기 탓이야."

담담한 목소리였다. 하지만 혜영이는 아빠도 할 수만 있다면 자신을 말리고 싶어 한다는 것을 알았다. 마지못해 엄마를 설득하던 아빠는 낮고 작은 목소리로 한마디 더 덧붙였다.

"자식 때문에 행복할 때도 있지만 자식 때문에 가슴 미어질 때도 있는 게 부모야. 원래 그런 거지."

혜영이는 지금 부모님의 가슴을 미어지게 하면서 제 꿈을 고집하고 있는 것이다. 코끝이 아프도록 찡했다.

"내일이 음악제야. 마음 내키면 보러 오세요."

그 말을 하고 혜영이는 방으로 들어갔다. 엄마의 등이 먼저 시야에서 사라진다면 너무 가슴이 아플 것 같아서 그랬다. 혜영이는 소리 없이 흐느꼈다. 부모님의 응원을 받지 못하는 게 너무 슬펐고, 엄마를 상처 입힌 게 미안했다. 하지만 평생 엄마를 원망하고 자기 선택을 후회하면서 사는 것보다는 이게 차라리 낫다. 그렇게 생각하며 마음을 다잡았다.

"우리 언제 이렇게 큰 거지?"

수지가 히죽 웃으며 물었다. 그러게. 언제 이렇게 스스로 인생을 결정하고 책임을 질 수 있을 만큼 자란 걸까?

"우리 소심쟁이 김혜영이가 부모님 앞에서 당당하게 소리를 내다니…. 난 니가 정말로 약대 갈 거라고 생각했어."

"나도. 박하를 못 만났다면 지금쯤 영어 문제집 들고 객석에 앉아 있었을 거야."

"하여튼 그 자식이 사람 여럿 잡는다, 진짜."

수지가 그렇게 말하며 씩 웃을 때였다. 대기실 문이 열리더니 유한민과 박하가 들어왔다. 유한민은 검정 수트를 멋들어지게 차려입었고, 머리도 깔끔하게 정리를 해서 다른 때보다 훨씬 멋져 보였다. 박하도 평소보다 깔끔한 차림새였다. 그런데 어쩐 일인지 머리만큼은 엉망이었다.

"뭐야, 늦는 줄 알았잖아. 머리는 또 왜 그러니?"

혜영이의 밉지 않은 타박에 박하는 머쓱한 듯 변명을 늘어놓았다.

"아니, 어제 너무 설레서 잠을 제대로 못 잤거든. 아침에 눈을 떠 보니까 너무 늦은 거야. 그래서 누나가 끌고 다니던 오토바이를 몰고 왔는데 헬멧 때문에 머리가 이 지경이 된 거지."

하지만 그건 중요하지 않았다. 어쨌든 박하는 지금 이 자리에 있었고, 이 애의 피아노 연주는 오늘의 음악제에서 단연 화제가 될 테니까. 혜영이는 박하를 의자에 앉히고 머리카락을 손으로 쓱쓱 정리해 주었다.

"오늘 잘해."

"응."

"누나 와?"

"모르겠어. 퇴원 준비하고 있기는 한데 아직 기운이 없어서…. 너는? 엄마 오셔?"

"나도 모르겠어."

하지만 괜찮아 박하야. 나를 응원하는 니가 있고, 또 무엇보다도 내가 나를 응원하니까.

혜영이가 박하의 머리 정리를 끝내자 교장이 들어왔다. 이미 많은 분들이 와 계시고 기자와 교수들도 오셨으니 부디 잘해 달라는, 아니 잘할 거라고 믿어 의심치 않는다는 응원의 말을 전했다.

음악제 시작 시간은 이제 10분을 남겨 두고 있었고, 혜영이는 무대에 오르지 않기 때문에 슬슬 대기실을 나가야 했다. 학생회장이 들어와서 무대에 서지 않는 사람은 모두 나가라고 해서 어쩔 수가 없었다. 그때 유한민이 점잖은 투로 학생회장에게 양해를 구했다.

"학생들에게 할 말이 있는데 딱 5분만 기다려 줘."

"아, 선생님~ 학생들 대기해야 해서 시간이 없어요."

"그러니까 딱 5분만."

서글서글한 웃는 낯에 학생회장도 더 이상 뭐라고 하지 못했다. 유한민은 어린아이처럼 흥분했고 무척 행복해 보였다.

"음악제 때마다 말하는 거지만 이렇게 열정을 다하는 친구들이 있어서 난 참 행복해. 공부든 뭐든 큰 비전을 두고 노력하는 사람들은 아름다운 법이지. 오늘 너희가 세상에 말하고 싶은 게 뭔지 사람들한테 확실히 보여 줬으면 좋겠다."

긴장감 때문에 웃음기를 찾아볼 수 없었던 학생들의 얼굴이 조금 편안해졌다. 조금의 응원에도 아이들은 금세 열정과 의욕을 되찾고 파이팅을 외쳤다. 유한민은 그런 학생들을 흐뭇하게 보더니, 곧 은밀하게 혜영이 무리에게 손짓을 했다.

"잠깐, 고3들은 이리 좀 와 봐."

그는 따뜻하지만 진지한 눈으로 한 사람 한 사람을 천천히 쳐다보았다. 혜영이는 유한민과 눈이 마주치는 순간 어디선가 그 눈빛을 마주한 듯한 익숙함을 느꼈다. 따뜻하고 강인한, 그러면서도 반듯하게 날이 선 칼 같은…. 그래, 이건 박하에게서 보았던 것이다. 사람의 마음을 달구는 눈빛. 그것이 유한민에게도 있었다.

유한민은 학생회장의 날카로운 시선이 꽂힐 때까지 고3들을 가만히 보고만 있다가 아슬아슬한 시간이 되어서야 입을 열었다.

"솔직히 너희 좀 겁나지? 남들이랑 조금 다른 선택을 했으니까. 사실 현실을 무시할 순 없어. 아니, 무시해서는 안 되지."

유한민의 얼굴은 진지했고, 또 진심이 느껴졌다. 그 덕분에 마치 이 공간의 공기만 다른 색이 된 것 같았다.

"하지만 너희는 꿈을 선택했어. 그 용감한 결정에 박수를 보낸다. 그렇게만 산다면 앞으로 무슨 일이 닥치든 행복할 수 있을 거야."

유한민의 말에는 힘이 있었다. 주변은 아수라장인데 딱 이 무리가 있는 곳만 고요했다. 혜영이는 모두에게서 동질감을 느꼈고 강렬한 에너지를 느꼈다. 가슴이 벅차올랐다.

"얘들아, 도전하지 않으면 성공도 없어. 싸우지 않으면 이길 수 없지. 너희가 평범하게 사는 게 만족스러울 것 같다면 그렇게 하는 것도 나쁘지 않아. 그렇지만 다른 것에 도전하고 싶은 욕심이 있다면 뛰어들어 봐. 그리고 부딪쳐. 모두들 똑같은 모양으로 피곤하게 사는데, 가끔 너희 같은 사람이 있는 것도 참 멋있지 않겠냐?"

혜영이의 코가 시큰해졌다.

"나는 너희가 계속 이렇게 뜨거웠으면 좋겠다."

유한민의 마지막 말은 고3들의 가슴에 깊이 남았다.

혜영이는 대기실을 나서면서 힐끗 박하를 쳐다보았다. 눈이 마주쳤다. 박하는 혜영이를 응원하는 것처럼 환하게 웃었다. 혜영이도 따라 웃으며 생각했다. 객석에 너의 누나와 나의 엄마와 수지의 백 여사가 앉아 있으면 참 좋겠다. 그들이 우리의 꿈을 보고, 듣고, 맛보았으면 좋겠다.

객석에 가까워질수록 소란스러운 소리도 점점 커졌다. 마침내 객석으로 통하는 문 앞에 섰을 때, 혜영이는 잠시 눈을 감고 숨을 골랐다. 무대 위에서 빛나는 웃음을 지으며 피아노를 치는 박하의 모습이 떠올랐다. 짧은 상상 속에서 박하는 공사장에서 일하던 차림새 그대로였다. 땀을 흘리고 안전모를 쓴 박하는 때가 묻은 얼굴로, 밴드를 이곳저곳에 붙인 손가락으로 연주를 시작했다.

  혜영이는 눈을 뜨고, 객석으로 통하는 문에 손을 올렸다.

    박하야. 넌 지금 뜨겁니?
    난 뜨거워. 뜨거워서 미칠 것 같아.
    너의 피아노가 내 마음을 그렇게 만들어.
    그래, 우리 같이 뜨거워지자.
    우리의 열아홉은 이렇게 마무리하고
    앞으로 펼쳐질 우리의 인생은 계속 뜨겁게 달구자.
    너는 피아노로. 나는 글로.
    우리가 뜨거운 인생을 산다면,
    우린 아마 행복의 정점에서 다시 만날 수 있을 거야.

작가의 글

『공사장의 피아니스트』를 구상하기 시작한 건 수능이 가까운 고3의 어느 날부터였습니다. 대학 원서를 쓰기 시작할 시점부터 조금씩 소설의 주인공 박하와 혜영이에 대한 생각이 쌓여 갔습니다. 친구들과 진로에 대한 이야기를 나눌 때마다 이 소설은 머릿속에서 점점 더 구체화되어 갔습니다. 자기가 무슨 일을 하고 싶은지와는 상관없이 막무가내로 진학할 대학과 학과를 정하는 친구들을 볼 때, 그리고 성적 때문에 자살하는 어린 친구들을 신문 기사를 통해 볼 때면 이 소설에 대한 마음이 더욱 커졌지요. 아마 그것이 이 소설을 쓰게 된 이유가 아닐까 생각합니다. 소설에 제 목소리를 담아 세상에 외치고 싶었던 것이지요.

 구상과 소설의 첫머리는 고3 때 시작했지만 본격적으로 쓰기 시작한 건 대학교 2학년이 될 즈음이었습니다. 대학교에 와 보니 학과 공부가 자기와 맞지 않아서 고생하는 친구들이 많더군요. 공부를 하는 데 아무런 열정도, 목적도, 방향도 없는 친구들도 많고요. 한발 늦게 자기가 하고 싶은 일을 찾은 친구는 현실과 환경이 눈에 밟혀 쉽게 도전하지 못하고 발만 동동 구르고 있고, 누군가는 '꿈을 보고 사는 사람들'을 한심하다고 손가락질합니다. 저더러 나중에 후회한다고 얘기하는 사람도 있지요. 그러면 마음을 다잡던 친구들도 겁을 먹더군요.

물론 저도 그런 고민들을 한 적이 있습니다. 고등학교 입학할 무렵에 교복을 살 돈도, 등록금도 없어서 교회에 가서 엉엉 울다가 왔고, 고등학교 3년을 선생님의 배려와 졸업생들의 후원을 받으며 다녔습니다. 글 쓰는 일이 참 좋았는데, 그러면서도 '난 일찌감치 돈 버는 일을 시작해야 하는 게 아닐까, 괜히 글 쓰다 인생 말아먹는 거 아닐까' 하는 걱정을 했고, '내가 정말 옳은 선택을 하는 것인가' 불안했습니다. 꼭 혜영이처럼요.

『공사장의 피아니스트』는 그런 불안과 주변의 시선 때문에 하고 싶은 일을 외면할 수밖에 없는, 소설 속의 혜영이 같은 친구들, 그리고 저에게 하는 간곡한 부탁이자 다짐이기도 합니다. '네 행복을 위해서 한 번만 더 생각해 줘'라는 부탁. 왜냐하면 꿈을 꾸는 일은 행복하고 또 행복한 일이기 때문입니다.

소설에서 혜영이가 꿈을 버리려고 노력해도 버릴 수 없었던 것처럼 저도 현실이 두려울 때 꿈에 더 목이 마르곤 합니다. 박하가 피아노를 칠 때 더없이 즐거운 것처럼 저도 꿈을 생각하면 즐거워요. 고되고 지칠 때에도 꿈은 마음을 뿌듯하게 합니다. 저에게 꿈은 선물이에요. 그래서 더욱 청소년 여러분들에게 꿈을 얘기하고 싶었고, 그 이야기를 혜영이와 박하의 모습을 통해서 말하고자 했습니다. 우리 삶에는 공부와 안정적인 미래보다 중요한 게 분명히 있으니까요.

독자 여러분이 『공사장의 피아니스트』를 통해서, 낑낑대며 노력하는 혜영이와 박하를 통해서 자신만의 꿈을 발견했으면 좋겠습니다. 세상이 재단하는 똑같은 꿈이 아니라 자기만의 번듯한 꿈을요. 더불어 혜영이와 박하처럼 따뜻한 우정과 사랑도 찾았으면 좋겠습니다.

　독자 여러분, 꿈이 여러분을 행복하게 만들기를 바랍니다. 여러분이 하고자 하는 일이 다른 사람까지 감동시킬 수 있기를 바랍니다. 마지막으로 늘 저를 인도하시고 보호하시는 하나님께 감사드립니다.

나윤아